HEYNE
BÜCHER

In der Perry-Rhodan-Reihe
sind als Heyne-Taschenbücher erschienen:

Planet der Mock · Band 16/1
Der große Denker von Gol · Band 16/2
Schatzkammer der Sterne · Band 16/3
Sturz in die Ewigkeit · Band 16/4
Die verhängnisvolle Expedition · Band 16/5
Die Tochter des Roboters · Band 16/6
Die Zeitspringer · Band 16/7
Am Rand des blauen Nebels · Band 16/8
Invasion der Puppen · Band 16/9
Sternkolonie Troja · Band 16/13
Die Nacht des violetten Mondes · Band 16/14
Ich, Rhodans Mörder · Band 16/15
Phantom-Station · Band 16/16
Der Flug der Millionäre · Band 16/17
Raumkapitän Nelson · Band 16/18
Die Zone des Schreckens · Band 16/19
Das Gesetz der gläsernen Vögel · Band 16/20
Das tödliche Paradies · Band 16/21
Der Geisteragent aus dem All · Band 16/22
Der Einsame von Terra · Band 16/23
Baumeister des Kosmos · Band 16/24
Terra in Trance · Band 16/368
Das Aralon-Komplott · Band 16/369
Welt der Prospektoren · Band 16/370
Luminia ruft · Band 16/371
Das Gremium der Vier · Band 16/372
Deserteur der USO · Band 16/373
Die Wurzeln des Todes · Band 16/374
Halo 1146 · Band 16/375
Die Toleranz-Revolution · Band 16/376
Tränen vom Himmel · Band 16/377
Die Elixiere von Chubbid · Band 16/378
Sturm der neuen Zeit · Band 16/379
Als die Kröten kamen · Band 16/380
Verlorenes Leben · Band 16/381
Das sterbende Imperium · Band 16/382
ELOHIM II · Band 16/383
Das Bermuda-Loch · Band 16/384
Eisige Zukunft · Band 16/385
Welt über den Wolken · Band 16/386
Hölle Hoch Vier · Band 16/387

Perry Rhodan

GALAKTISCHE RACHE

Ronald Tekener auf geheimer Mission –
die heiße Spur führt nach Lepso

Ein Atlan-Roman von
HANS KNEIFEL

Originalausgabe

WILHELM HEYNE VERLAG
MÜNCHEN

PERRY RHODAN
Nr. 16/388

Redaktion: Klaus N. Frick

Printed in France 1995
Umschlagillustration: Alfred Kelsner, Bünde
Umschlaggestaltung: Atelier Ingrid Schütz, München
Satz: Compusatz GmbH, München
Druck und Bindung: Brodard & Taupin

ISBN 3-453-09018-7

1.

Aus: HANDBUCH DER BEWOHNBAREN UND BEWOHNTEN WELTEN, Nachtrag 2441: Explorer-Kapitän Tuoglas X. Kerrin; Verlag d. Solaren Abwehr, Terra/Sol; 1., unkommentierte Auflage (Daten und Koordinaten unterliegen noch der Geheimhaltung):

»Zusammen mit Planet Jermina umkreist Navander deren Sonne Bhajan, eines der Triangel-Gestirne, die ihre Entdeckung der Wachsamkeit von Explorer-Astrogatoren verdanken. Navander, offensichtlich bereits seit den Jahren des lemurischen Tamaniums bekannt (und dünn besiedelt), wurde in jüngerer geschichtlicher Zeit, wohl zufällig, Ziel von Schiffbrüchigen unterschiedlicher Sternvölker: Arkoniden, Springer, Akonen und anderer, die in terraähnlicher Atmosphäre und einer 0,92-g-Oberflächenschwerebeschleunigung überleben und sich miteinander vermischen konnten. Der große Mond mit silbergrauer Oberfläche, Qawial, und der kleine gelbe, Basilsq, umkreisen unbelebt und kalt ihre Heimatwelt. Das Vorhandensein lemurischer Relikte ist sehr wahrscheinlich; ob es eine lemurische Urbevölkerung gab, konnte nicht zwingend nachgewiesen werden. Auch im Umkreis der Sonne Bhajan tritt jenes Phänomen auf, das Lordadmiral Atlan treffend ›galaktischer Wackelkontakt‹ nannte: eine intermittierende, absolut regellos auftretende Störung sämtlicher Hyperenergieanlagen im All bis hinein in Höhlen der Planeten. Unsere Langzeitbeobachtung, auch mit – bisweilen spurlos verschwindenden – Spähsonden ergab, daß Navander die am meisten exotische der vier Triangel-Welten ist. Reichtum und kleinfürstliche Protzerei und Willkür scheinen geringer und provinzieller als auf Maditloos, Taffanoree und Jermina zu sein. Zahlungsmittel neben dem Solar ist die Legua zu 100 Vipers. Als charakteristisches Beispiel mag die Pseudohalbinsel Kroqoth dienen, nach einer planetaren Legende Absturzstelle des terranischen Siedlerschiffes METALLIGATOR *...«*

Das Doppeltau wirbelte über Deck, schlug in Uräus Acilles' Kniekehlen und klatschte ins Wasser. Knatternd kam das Segel der Tortuga frei, der Bug hob sich in der Brandung, und der eigene Schwung trug das schwerbeladene Fischerboot durch stilleres Wasser bis hinter den Wellenbrecher. Als die Fischer aus dem Bereich des auflandigen Windes kamen, wallte die feuchte Hitze über dem Hafen; schon kurz nach Sonnenaufgang war es drückend schwül gewesen.

»Ein Todesfall an Bord! Aber die dicksten Fische haben aus Langeweile angebissen«, rief Acilles zum Damm hinüber. »Viele gute Regenbogenhäute! Wir haben sie nur auffischen müssen!«

Fischfang und die Suche nach Teilen von ozeanischer Fauna, die aufwendig verarbeitet und teuer an die Raumschiffleute verkauft werden konnten, waren nicht die einzige Einnahmequelle für die zehntausend Einwohner von Port Ylligator. Uräus sprang auf die Reling, hinunter auf das Hafenpflaster und fing das Belegtau auf. Die Trosse aus Kunststoff straffte sich knirschend am Steinpoller. Der Kapitän hieb wütend nach einer halb fingergroßen Stechmücke, die auf seinem Unterarm landete. Er drehte sich um und wartete, bis vier Fischer den Leichnam Omaneas über die salzwasserverkrustete Bordwand gewuchtet hatten. Die Segeltuchrolle, durch die zwei lange Riemen gesteckt waren, lag schwer und feucht auf den Steinplatten. Acilles packte den Holzgriff.

»Helft mir. Die Bestien werden immer lästiger«, knurrte er und lief zum Heck, um das zweite Tau zu übernehmen. Die CARETTA schlug gegen die Fender; der Kapitän winkte. »Das wird der Sommer der Mücken. Wir tragen Omanea zuerst ins Kühlhaus. Schafft den Fang nachher ins Lagerhaus, Freunde!«

Der Kai war fast menschenleer. Die Vormittagssonne brannte auf den Hafen herunter. Vorbei an riesigen Vorratskisten trugen sie die Pilotin durch die Temperaturschleuse in die Kälte zwischen weißen Wänden und legten sie auf einem Bretterstapel ab. Acilles schüttelte sich, ging hinaus und blieb neben einem halbvollen Tank stehen, in dem sich ein schillernder Brei abzusetzen begann. Das Öl aus dem Fruchtfleisch großer schwarzer Nüsse, die abgeworfenen Häute oder die Panzerhäute von großen Schwimmechsen, die von Raubfischen getötet worden waren, Bretter und Bohlen aus Bronzezedernholz bedeuteten für die Bewohner der ovalen Halbinsel bescheidenen Reichtum.

Krokoth war zur Landmasse des Kontinents durch ein zwei Kilometer hohes Korallenriff abgegrenzt und getrennt; dahinter breiteten sich dreißig Kilometer Sandzungen aus, die jede Flut drei Meter hoch unter Wasser setzte. Zum Kontinent gelangten die Bewohner nur mit Schiffen oder mit einem der Raumschiffe, von denen selten mehr als sechs im Jahr auf Krokoth landeten.

Acilles fluchte, als er fast gleichzeitig im Oberschenkel und im Nacken den scharfen Schmerz der Mückenstiche spürte. Tatsächlich hatten sich seit dem Frühjahr alle Insekten wie rasend vermehrt: Ameisen, Fliegen, Mücken und die schillernden Brackwasserlibellen. Er schlug nach den Mücken und wischte die blutige Handfläche an der halblangen Hose ab, ehe er die Schwingtür der Hafenverwaltung aufstieß.

»Unsere Pilotin ist tot. Schreiend und qualvoll gestorben. Wenigstens gibt's bei dir keine Stechmücken.« Acilles holte sich vom Halbautomaten einen Becher eiskalten Saft. »Haben sie euch noch nicht durchlöchert? Wir haben das Schiff voll, Iquano. Mindestens dreißig Regenbogenhäute.«

»Kann uns nur helfen. Das Händlerschiff« – der einbeinige Hafenmeister sah auf den Kalender, auf dem einzelne Tage markiert waren – »kommt erst in vierzig Tagen. Ungefähr. Zeit, das Zeug zu schneiden und zu gerben. Wie ist das passiert, Uräus?«

Acilles setzte sich, schlug die sonnengebräunten Beine übereinander und leerte langsam den Becher.

Ebenso langsam verlor sein Gesicht den beherrschten, verschlossenen Ausdruck; die Mundwinkel verzogen sich zur Grimasse.

»Es fing an, nachdem wir drei Stunden im Fanggebiet

waren. Alle Angeln und Haken waren draußen. Wir sind dagesessen und haben Tee gekocht. Plötzlich ist Omanea Vou nach hinten gekippt, wimmerte und schrie und hat sich am ganzen Körper gekratzt. Aber wir haben nichts gesehen, keinen Ausschlag, keine Blasen, nichts. Auch jetzt ist die Haut ganz glatt. Zuerst sind ihre Finger geschwollen, die Zehen, die Unterschenkel und die Unterarme, die Nase und die Ohren. Sie hat immer lauter geschrien. Wir haben alles versucht, aber niemand hat ihr helfen können.«

»Davon hab' ich noch nie etwas gehört. Daß ein Körper so schnell anschwillt. Wie ... dick ist sie geworden, hast du gesagt?«

»Ich hab' nichts gesagt. Sie ist jetzt so dick wie vier Männer. Dann hat sich ihre Haut gedehnt, sie gurgelte, hat um Luft gekämpft, gewimmert, hat sich nicht mehr bewegen können und hat sich verändert. Als ob man sie mit Preßluft aufgepumpt hätte, wie ein Ballon. Mitternacht war sie tot. Ich sage dir, es war schauerlich.«

Er starrte zu Boden, zog den Kopf zwischen die Schultern und schüttelte sich.

»Sie war eine tüchtige Frau. Es hätte nichts genützt, wenn wir die Netze und Fangleinen gekappt hätten; das meiste vom Fang hing schon an den Haken. Wir haben sie in die Reservefock eingewickelt und unsere Arbeit fertiggemacht. Und jetzt liegt sie zwischen toten Fischen und schlabbrigen Häuten.«

»Kirtland wird wahnsinnig, wenn er es erfährt. Wir wiegen und sichten euren Fang, und dann mach ich mich mit dem Gleiter auf den Weg zur Plantage.«

»Wir sorgen für ein würdiges Seebegräbnis.«

Der Einbeinige benützte einen der wenigen Gleiter; ein uraltes, zerbeultes Lastengerät, das mit unglaublicher Zuverlässigkeit seit einem halben Jahrhundert funktionierte – wenn die Hypergeräte liefen. Drei Stunden später sah Kapitän Acilles aus dem Fenster seiner Wohnung, wie der gelbschwarze Gleiter den halbrunden Hafenbereich verließ und auf dem Sandweg zwischen den Stämmen der Nußwedelbäume verschwand. Acilles klinkte einen Musikchip in die Kontaktklammern, schob den Lautstärkeregler hoch und summte die traurigen Lieder mit – sie stammten von einer Welt namens Phaedra/Badrannar –, während er den Fischgestank wegduschte und frische Kleider anzog. Er setzte sich auf den Balkon, an dessen Seiten sich Moskitogitter spannten, trank heißen Sauertee und starrte hinunter zu den anderen Booten, die nacheinander anlegten und ihren Fang ausluden. Als von Bord der breitbäuchigen Jararaca ein langes, dickes Bündel heruntergeschleppt wurde, ebenfalls in die Focklein-wand eingewickelt und mit Schotleinen verschnürt, als das Lärmen und Klappern abriß, stand Kapitän Acilles auf; er spürte die Schwäche in den Knien und einen breiten Streifen eisiger Kälte, die sich zwischen seinen Schulterblättern ausbreitete.

Pilotin Omanea und Sasquatel, der Steuermann der Jararaka KACHUGA, waren die ersten Toten. Beim Begräbnis der Pilotin starben auf die gleiche qualvolle Art zwei Fischer. Ein Notruf erreichte den Hafen und die Hauptstadt, als man Sasquatel in einen Leinensack eingenäht und mit Korallenbrocken beschwert, an Steuerbord ins Meer fallen ließ; aber auch in der Hauptstadt, im Zentrum der Ölerzeugung, wütete die gespenstische Blähkrankheit. Uräus Acilles sah zu, half, versuchte die Regenbogenpanzer zu gerben, spürte am zweiten Abend im Nacken und Oberschenkel bohrenden, dumpfen Schmerz. Die stigmatischen Male der Mückenstiche bildeten zwei Finger große Eiterbeulen; der Arzt vereiste sie, schnitt sie auf und sprühte Biomolplast darüber.

Mitten in der Nacht, nachdem Tahoahoha gegangen war, spürte Acilles unerträglichen Druck im Nacken und im Schenkel. Dumpfer Schmerz bohrte und schien die Zellen schwellen zu lassen. Acilles schaltete das Licht ein und schrie auf, als er sah, daß sein Unterarm auf die dreifache Dicke angeschwollen war. Als er seinen Nacken berühren wollte, konnte er den Arm nicht mehr abwinkeln. Er schwang seine gefühllos gewordenen Beine aus dem Bett. Auch der rechte

Schenkel war geschwollen; tobender, schneidender Schmerz setzte ein, und Acilles begann zu wimmern, als er zusehen mußte, wie sich die Haut spannte, die Zellen in rasendem Wachstum sich ausdehnten, der Schmerz in allen Organen nistete, seinen Blick trübte, wie sein brauner, muskulöser Körper sich veränderte, schwoll, fahlweiß wurde, öliger Schmerz aus den Poren sickerte, wie er sich zuckend und aufbäumend gegen die Zerstörung wehrte; als Acilles die Nackenmuskeln nicht mehr bewegen und nicht mehr an sich herunterblicken, sondern nur noch den schwirrenden Ventilator an der Decke anstarren konnte, verlor er das Bewußtsein. Niemand besuchte ihn, als er starb, niemand nahm Notiz davon, denn der Tod breitete sich in mathematischer Progression über Krokoth aus: vier, acht, sechzehn ... Funk-Hilferufe zum Kontinent hinüber bewirkten, daß ein Tragflügelboot mit Hilfsmannschaften ablegte.

Als es in Port Ylligator anlegte, war der Ort totenstill und völlig ausgestorben. Bleiche Maden krochen und mästeten sich im Fleisch der Körper, das von Raubmöwen zerhackt war; es wies schwammige Struktur in übelkeitserregenden Fahlfarben auf und stank. Neben einigen Leichen lagen tote Stelzl-Seefalken. Stunden später lebten im Inneren der Halbinsel noch einige Planetarier; als sich die Rettungsteams bis zur Hauptstadt vorgekämpft hatten, schwitzend und mückenzerstochen, war auch dieses Leben ausgelöscht. Als der Kapitän des Tragflügelbootes die letzten Funksprüche der Sterbenden hörte, der eigenen Rettungsmannschaft, schaltete er die Ankerwinsch ein, zog den Anker an Bord und raste zurück zum Kontinent.

Mindestens zehntausend Tote; genau wußte es niemand. Der Freifahrer-Raumer MEYNARD KEYNES landete auf Krokoth-Starhaaven; einige Besatzungsmitglieder wagten sich in Raumanzügen ins Freie und fertigten Dokumentationen der Lage nach dem Massensterben an. Die KEYNES nahm die Ladung auf, die sich in den Frachthallen befand, und startete, sobald es die Umstände zuließen.

Nicht einmal die Schwarze Pest tötet ausnahmslos jeden einzelnen der Bevölkerung, vom Säugling bis zum Greis! Selbst einzigartig gefährliche Seuchen und Epidemien lassen einige wenige überleben, sagte der Extrasinn scharf. *Deine Skepsis, deine Erinnerungen an Gegner aus der Vergangenheit, Arkonide: entsinne dich, und du wirst erkennen, wer dich angreift! Tu etwas!*

Die Bildberichte und das ausführliche Protokoll dessen, was die Freifahrer-Mannschaft festgestellt zu haben glaubte, hatten mich in Quinto-Center auf einem Weg erreicht, den nur Sharbadad Argyris und ich kannten: offiziell wußte nur eine kleine Handvoll Freunde wirklich über diesen Komplex bescheid: Geheimnisträger der Familien Boscyk und des Argyris-Geschlechts, dessen Stammbaum vom Historischen Korps und mir selbst gefälscht worden war. Wieder begann ich zu lesen:

»... erfuhren wir per Hyperfunk aus der Fernortungszentrale der USO-HERBIG-HARO und ein wenig später von der Hafenverwaltung Laguna Port auf Navander, daß die letzte Landung eines Buccaneer-Schiffes namens COSMOSHARK drei Normmonate zurücklag. Die MEYNARD KEYNES gab durch: Wir landeten, die Laderäume voll bestellter Waren und Güter, fast pünktlich auf Starhaaven, nachdem wir vergeblich versucht hatten, Kontakt zum Tower aufzunehmen. Kapitän Bega Linnemor ließ eine Space-Jet ausschleusen; schon während der ersten Minuten des Rundfluges entdeckten wir Hunderte gräßlich zugerichteter, aufgequollener Leichen (siehe Bildmaterial). Die KEYNES öffnete nur drei Ladeluken im Schutz starker Abwehrfelder, alle Aktivitäten außerhalb des Schiffes fanden in Raumanzügen statt, mit anschließender Entgiftung in der Polschleuse. Die entstellte Leiche eines Kindes wurde in einem raumdichten Behälter in die Gefrierzelle des Schiffes eingelagert. Linnemor wird versuchen, sie zuverlässig nach Tahun zur Untersuchung zu schaffen.

Das Schiff nahm nur verpackte Waren an Bord, startete zum Kontinent, lud die bestellte Ware aus; dort war zu erfahren, daß selbst die ausgeschickten Rettungsteams der unbekannten Seuche zum Opfer gefallen waren. Intensive Recherchen ergaben nur, daß die Bewohner Krokoths seit etwa hundert Tagen über eine unge-

wöhnlich intensive Zunahme fliegender Insekten (Mücken, Libellen, Fliegen etc.) klagten. Während unserer Flüge und Ladearbeiten konnten wir auf Krokoth diese Feststellung nicht bestätigen; es wehte frischer Seewind, und die Anzahl der Fluginsekten war eher geringer, als wir es vom vorhergehenden kurzen Aufenthalt gewohnt waren.
Unter Beachtung äußerster Vorsichtsmaßnahmen durchsuchten wir Büros, Lagerhäuser und Wohnungen; das dort gesehene Grauen überstieg jedes vorstellbare Maß. Wir sind sicher, daß die gesamte Bevölkerung von geschätzten 9500 Individuen binnen weniger Tage der Seuche erlegen ist. Die meisten, die wir innerhalb fester Behausungen fanden, sind definitiv mitten aus ihrer jeweiligen Tätigkeit herausgerissen worden. Wir sahen (Bildbericht) vollständige Trauergemeinden, gestorben in unmittelbarer Nähe frischer Gräber. Das individuelle Sterben kann nicht länger als einige Stunden gedauert haben. Die Beratungen auf dem Festland hatten zur Folge, daß Krokoth zur verbotenen Zone erklärt und jede Annäherung an die Flut-und-Ebbe-Sandbänke, das sogenannte Himmelsriff und die gesamte Küste der Halbinsel verboten wurde. Auf dem Rückflug riefen wir die HERBIG-HARO und glichen Informationen an; Kommandant Conmaire versprach, den Planeten Navander anzufliegen und auf Krokoth Beobachtungssonden zu stationieren …«

»Fliegen und Mücken.« Ich hob die Schultern, stützte meinen Kopf in die Hände und startete die Bilder ein drittesmal. »Einer der sieben großen Plagen des Altertums. Waren es Seuchenüberträger?«

Ich hielt einzelne Szenen an, ließ sie langsamer ablaufen, vergrößerte Einzelausschnitte, forschte tief in meinen Erinnerungen und verwarf den Gedanken, Cyriell Ghirmo von Zoltral schon jetzt um Hilfe zu bitten. Meine Erinnerungen reichten viel weiter in die Vergangenheit. Als ich Bilder und Text von den Monitoren und aus der holografischen Projektion löschen wollte, warnte der Extrasinn: *Seit einem halben Jahr beschäftigt sich eine Untersuchungsgruppe mit dem Fall der LEVIATHAN II, in der Reparaturwerft auf Kiliosaar III/Abishadia wiederhergestellt. Der Bericht Guion Ormees und Fayda Fabionis, in der Funkanlage dieses Schiffes zur USO geschmuggelt, hat die Wissenschaftler auf Tahun zu verzweifelter Eile angetrieben, sowohl diese Züchtungen zu wiederholen als auch ein Gegengift zu den Stigmaviren zu finden – bisher erfolglos.* Beim letzten Kampf mit General Maras Hy Pilam, dem Putschisten von Quinto-Center, hatte ich zwei Briefe gefunden; sie waren an unverdächtige USO-Adressen gerichtet und wiederholten die Informationen. Wie sie in Pilams Besitz gelangt waren, blieb rätselhaft. Ich lehnte mich zurück und knurrte:

»Zehntausend Tote! Auf einer strategisch völlig unwichtigen Welt. Die Rache der Aras? Dein fotografisch exaktes Gedächtnis, Atlan. Stigmaviren!« Meine Stimme wurde heiser. »Wieder einmal ein Beweis, daß ich nicht verkalkt bin! Sind es Stigmaviren-Züchtungen, die zum erstenmal eingesetzt wurden? Klingt es makaber, wenn ich sage: erstmals im Versuchsmaßstab?«

Als ich die Hand ausstreckte, um den Rufkontakt zu drücken, glitt das Schott auf. Cyriell kam herein, beugte sich über den Tisch und küßte mich flüchtig; sie bemerkte meinen Gesichtsausdruck, drehte den Kopf und sah die Bilder. Sie las einige Sekunden lang den Text und setzte sich neben mich.

»Ich wollte dich gerade bitten, mit mir zu sprechen, entschied mich aber, dich nicht zu erschrecken«, sagte ich. »Möglicherweise kannst du mir helfen.«

»Dabei?« Ihre Finger deuteten auf die Hologramme. »Sind wieder einmal deine Feinde aus der Deckung gekrochen?«

»Jemand hat viele feuchte Steine herumgedreht.« Ich speicherte die Informationen ab. »Einige Aras, vielleicht nicht einmal auf Aralon bekannt, zählen zu meinen Uraltfeinden. Eine kleine Gruppe, die sich einst ›Gelber Kreis‹ nannte. Wir sprachen darüber. Sie haben, soviel weiß ich, den Herstellungsprozeß des Langlebigkeitsserums vergessen; es ist ihnen durch mich zudem die Herstellung verboten worden. Viele Gründe führten zu diesem Verbot. Du kennst die Information jener unglücklichen Leute auf Abishadia. Der Massenmord auf Navander ist die erste, aber nicht die einzige Aktion, mit der sie mich, die USO und das Solare Imperium strafen wollen.«

»Wofür, mein Freund?«

»Für Jahrzehnte, Jahrhunderte verlorener Macht, verlorenen Einflusses. Sie trauern nicht nur der Macht nach; ihr Haß auf mich ist ungebrochen. Durch mich verloren sie die erhoffte Langlebigkeit.« Als ich Cyriells Finger auf meiner Hand spürte, beruhigte ich mich ein wenig. »Aber die Aras müssen Helfer oder Verbündete haben. Allein sind sie nicht in der Lage, galaxisweite Strukturen aufzubauen.«

»Sie vergesellschaften sich mit Springern, Akonen, mit Báalol-Priestern, vielleicht mit Arkoniden der uralten Geheimbünde? Ich sehe die Gefahr deutlich, Atlan. Sie können ebenso einen Planeten entvölkern wie diese winzige Halbinsel.«

»Die Leute von Krokoth ... sind tot. Ich denke an Millionen möglicher Opfer. Bevor du kamst, habe ich entsprechende Anordnungen gegeben – aber im Augenblick reiten wir Attacken gegen wirbelnde Windmühlenflügel. Die Angriffe der Stigmaviren-Insekten werden sich massieren; sie werden gnadenloser sein. Nach dem erfolgreichen ›Test‹ werden sie Mutationen einsetzen, die effizienter sind.«

»Das bedeutet Tod für ganze Planeten?«

»Es bedeutet milliardenfachen Tod für dicht besiedelte Welten und den weiteren schnellen Zerfall des brüchigen Solaren Imperiums. Wenn sie mich anvisieren, treffen sie Perry Rhodan.« Ich zuckte mit den Schultern. »Niemand kann auch nur im entferntesten ahnen, wo die Stigmaviren als nächstes auftreten. Es wird ein Ort auf einer Welt sein, die aus irgendwelchen Gründen für mich wichtig erscheint.«

Ihre Lebensgier, sagte ich mir, war elementarer als die Gier nach Rauschgift. Zur Herstellung des Langlebigkeitsserums wurden Sklaven geschunden; sahen die einst Langlebigen ihr natürliches Ende kommen, würden sie versuchen, aus Haß und Rache so viele Intelligenzen wie möglich in den Untergang zu zerren – um mich zu treffen, mich leiden zu lassen, würden sie Terraner töten.

»Also eine Art Blutrache an dir? Auf Terra?« Kuten Tsenshab, Cyriells ertrusischer Leibwächter, kam herein; ich winkte und deutete auf einen Sessel. Cyriell sprach weiter. »Olymp? Graymonde?«

»Oder beliebige andere, hauptsächlich aber terranische Welten. Denkt an die erstaunlich hohe Vermehrungsrate von Fliegen und anderen Insekten.«

Ich brauchte meine Überlegungen nicht weiter fortzusetzen; wie Hunderte anderer Spezialisten kannten Cyriell und Kuten nicht nur die Sprünge, in der sich die F-1-Generation und erst recht die folgenden vermehrten, sondern auch die Einzelschritte der geklonten, mutierenden und schließlich tödlichen Insekten. Einige Männchen und Weibchen, vor Monaten auf einer Welt ausgesetzt, summierten sich unbemerkt innerhalb vergleichsweise kurzer Zeit zu Myriaden mörderischer Virenträger – wer sie ausgesetzt hatte, war dann nicht mehr feststellbar. Kuten Tsenshab fuhr mit beiden Händen durch sein dichtes, schwarzes Haar – der kleinwüchsige Ertruser, Cyriells Leibwächter, trug seit drei Jahren nicht mehr die Sichellocke seines Volkes – und fragte leise:

»Was tun Sie, Lordadmiral? Was können wir von der USO dagegen tun, all die Beobachter und Spezialisten?«

»Fast nichts.« Ich starrte mein Gesicht in der schwach reflektierenden Tischplatte an. »Außer warten. Vergessen Sie nicht, Kuten: Wir wußten davon, waren darauf vorbereitet. Das Problem nimmt die Größenordnung einer galaktischen Vendetta an. Blutrache. Schwüre der Vernichtung. Mit aller archaischer Wucht. Ich kenne nur wenige Teilnehmer jenes Konklave. Die Mooffs auf Maditloos, im Eremitenturm, haben das Wissen des Springerpatriarchen an uns weitergegeben. Ich warte auf Informationen – vielleicht können wir bald eine durchschlagende Abwehrmöglichkeit herausfinden.«

»Darauf hoffe ich«, sagte er und stand auf. »Gibt es Arbeit für mich, Sir?«

»Schlafen Sie sich aus, Kuten«, schlug ich vor. »Auch Sie sollten ausgeruht sein, wenn wir zuschlagen.« Mein Lachen klang bitter. »Falls wir zurückschlagen.«

Er grüßte und bewegte sich lautlos hinaus. Cyriell und ich sahen uns an und schwiegen; der vielfache Tod auf Krokoth, von dem wir, auf einer anderen Welt, wahrscheinlich bald wieder erfahren mußten, war vor mehr als einem Vierteljahr ausgesät worden wie die Drachenzähne Jasons in der alten griechischen Legende. Ich zermarterte mein Hirn, aber mir fiel keine Abwehrmaßnahme ein; für zeitaufwendiges Einsickern in die ›Erneuerer‹-Gruppe fehlte uns die Zeit.

Cyriell Ghirmo von Zoltral: Vor zwölf Jahren hatten wir uns auf der letzten Torwelt, dem Piratenplaneten Cataphyl, unter falschen Namen getroffen und zu unserem Erstaunen ineinander verliebt. Seit diesen Tagen und Nächten waren wir nahezu unzertrennlich. Ich betrachtete schweigend das Hologramm aus der Raumüberwachung ihres Büros, das ich an meinen Schreibtisch geschaltet hatte. Cyriell arbeitete an der Logistik: Ausrüstung von USO-Schiffen und Schiffsverbänden für Noteinsätze aller Art – einer halbrobotischen Hoch- und Tiefbauanlage. Ihr langes Haar, braun und silbern gesträhnt, trug sie im Nackenzopf; das schmale, großäugige Gesicht zeigte mir im Ausdruck großer Konzentration mehr von ihrer Klugheit als jede ihrer beherrschten Bewegungen. Sie schob den Sessel zurück, streckte sich, schlug die langen Beine übereinander und starrte sekundenlang ins Leere, und als ihr eingefallen war, wonach sie in ihren Überlegungen gesucht hatte, tippte sie den Holowürfel an und arbeitete auf dem Terminal weiter. Der winzige Arkonide Atlan winkte und lächelte aus dem Würfel; ich schaltete grinsend ab und widmete mich meinen Befürchtungen galaktischer Katastrophen.

Decaree Moonthorne, die Sekretärin, legte ein geheftetes Bündel Folien auf meine Schreibtischplatte, setzte sich auf die Kante und baumelte mit den Beinen. Ronald Tekener lehnte an der zentralen Säule, betrachtete sachlich-wohlwollend Knie, Waden und Fesseln der Mutter seiner gegenwärtigen Freundin und deutete auf die Akte.

»Gemeinschaftsarbeit, Sir«, sagte er. »Alles über Ihre einstigen Kurzzeit-Arbeitgeber, die Piraten, Flibustier, Starbuccaneers oder wie sie sich sonst noch zu nennen beliebten. Ich würde sagen: Problem nahezu erledigt. Übrigens: Ich warte auf den Stigmaviren-Untersuchungsbericht von Tahun. Die SILVERDAGGER ist auf Krokoth, Navander, gelandet und forscht an Ort und Stelle. Auch von dort erwarten wir einen Raffer-Hyperfunkspruch.«

»Wenigstens heute ein paar gute Nachrichten«, murmelte ich und blätterte langsam im Folienbündel. Es handelte sich um den Abschlußbericht einer USO-Fängerflotte, die seit einem Jahrzehnt in verschiedenen Raumbezirken operiert hatte: Die Anzahl der Buccaneerschiffe war damals insgesamt auf zehn Dutzend geschätzt worden. Eine mühsam hergestellte Schätzung, denn nicht einmal die Gefangenen aus hundertdrei Piratenschiffen kannten – trotz intensivster Verhöre – die Zahl genau. Ich hatte angeordnet, einige Schiffe unbehelligt zu lassen, aber ihre Flüge minutiös zu beobachten. ALPHA und BETA, beide Fluchtwinkel der Buccaneer, waren unter USO-Kontrolle; BETA war stillgelegt, in ALPHA hatte die USO einen neuen Stützpunkt.

»Hundertdrei zusätzliche USO-Schiffe, keines unter hundert Meter Durchmesser.« Decaree lächelte. »Zufrieden, Atlan?«

»Mehr als das«, sagte ich. »Da die interplanetarische Schiffahrt von unseren geheimen Jagden und Kämpfen nichts erfährt, wird ihr Dank sich in Grenzen halten.«

»Das wußten wir vorher.«

»Wissen oder ahnen die übriggebliebenen Buccaneers, daß sie beobachtet werden?« fragte Decaree. Tekener lachte hart.

»Manche ahnen es. Die anderen: Jetzt wissen sie's – auf Beseler und in anderen Strafkommandos.«

»Ich meine die verbliebenen neun, du Sarkast.«

»Denkbar. Eher unwahrscheinlich. Sie sind sicher überrascht, wenn sie Stützpunkt BETA anfliegen und dort in Geschützprojektoren und grimmige USO-Gesichter sehen.«

Ein Signal unterbrach uns. Auf dem Kommunikationsmonitor flammte eine Meldung dreimal auf und stabilisierte sich. Nachdem die Positronik den Rafferspruch dekodiert hatte, lasen wir schweigend ab.

3. Juli 2442 – DRINGEND! WICHTIG! Spezialist Asics Newlife, Graymonde, Tamee 3081 a/Escape meldet: Über den telepathischen Mooff-Verbund erfuhren wir soeben folgende, noch nicht verifizierbare Nachricht: Port Kosmarikos, Siedlung auf Planet Woodlark, Claysons Star, Terr.Gen.Cat 459 721 alpha, leidet unter Riesenschwärmen aggressiver Insekten. Funkstation ausgefallen? Ty Caumont, Stützpunktleiter, hat Notstand ausgerufen und bittet um Hilfe. Stigmaviren? Bewohner und planetare Gemeinschafts-Intelligenz kämpfen gegen Insekten. Es wird dringendst, wiederhole: dringendst um Hilfe gebeten. Weder Menge der Raumanzüge noch genügend viele abschottbare Räume vorhanden. Die Mooffs auf Bigwood und Maditloos melden Normalzustand. Asics Newlife; end.«

Descarees schnelle Finger hatten bereits die Schaltungen ausgeführt. Sie sprach leise den Planetennamen und die Kennzahl seiner Sonne ins Mikrophon. Holografische Projektionen bauten sich auf, während Tekener das Büro des Personalmanagements und jene Kapitäne anwählte, deren Schiffe in Bereitschaft standen. Ein unsichtbarer Sprecher gab Erklärungen zu den Bildern ab; wieder lauschten wir schweigend und mit angehaltenem Atem. Woodlark, eine der wichtigsten Hyperfunkstationen entlang der 4000-Lichtjahr-Kugelschale des Solaren Imperiums, war betroffen – ein Angriff auf die Kommunikationsstruktur! Tief in meinem Inneren spürte ich eisige Furcht. Sie wuchs wie ein Kristall, als ich mehr über Woodlark erfuhr und meine Erinnerung einsetzte.

»... ist, nach eigener Auskunft und Selbstverständnis eine planetare Gemeinschaftsintelligenz, die sich seit siebenhundert Millionen Jahren definiert und mit den Bewohnern von Port Kosmarikos, der Enklave der telepathischen Mooffs und der James-B.-Helix-Roveda-Siedlung in bedingter Symbiose lebt. Der erdgleiche Planet, 1987 Lj. von Terra entfernt, ist in der Lage, auf die gesamte Flora und Fauna einzuwirken. Stützpunktkommandant Ty ›Datenbus‹ Caumont, knapp 40jähriger Foto- und Filmprofessional, ist einer der besten Kontakter und Informationsübermittler; seine Kontakte zur USO und SolAb während des Aufbaues der Hyperfunkstation waren von Pragmatismus bestimmt ...«

»Telepathische Aufregung zwischen den Planten«, sagte ich. »Für mich bedeutet dies, daß die Sendeanlagen von Port Kosmarikos ausgefallen sind.«

»Viel wahrscheinlicher ist die Besatzung des Senders ausgefallen.« Tekener machte sich Notizen. »Sie wissen, was das zu bedeuten hat?«

»Sie sterben oder sind tot.« Ich sah schneeweiße Mastodonten, Säbelzahntiger und Geier von derselben Farbe, eine ringförmig um etliche kantige Hochbauten wachsende Siedlung und eine Gleiterpiste, die am Raumhafen vorbei zu breiten Sandstränden führte. Der Logiksektor sagte schroff: *Deine Feinde schlagen gezielt zu und fordern dich heraus. Zieh die Konsequenzen! Noch wüten die Stigmaviren nicht auf einem dicht besiedelten Planeten!*

Tekener und Decaree hatten genug gesehen und erfahren. Ich drosselte die Lautstärkte der akustischen Erklärungen. Der Smiler sagte:

»Drei Schiffe sind unterwegs; Einheiten, die Woodlark beziehungsweise Claysons Star am nächsten waren. Von Tahun – 33 832 Lichtjahre entfernt – starten in wenigen Stunden zwei Hilfskreuzer mit spezieller medizinischer Ausrüstung. Ebenso von Terra, das sind nur 1978 Lichtjahre bis nach Woodlark. Soll ich die OZYMANDIAS rufen, Sir?«

»Nein. Noch nicht.« Ich sagte, als der Informationsblock aus der Holoprojektion verschwunden war: »Ich habe nach dem Krokoth-Desaster sofort die SolAb verständigt. Allan D. Mercant weiß Bescheid. Terra und andere wichtige Planeten können wahrscheinlich nicht geschützt werden, denn jedes landende Schiff kann nicht kontrolliert werden, hinzu kommen kleine Transportsonden oder falsche Meteoriten. Unzählige Welten sind gegen einen solchen Überfall schutzlos. Wir dürfen nicht warten, bis wir Stigmaviren auf dichtbesiedelten Welten finden. Vergeßt nicht, daß die erste Insektengeneration vor Monaten eingesetzt worden ist.«

»Auch dieser Umstand ist inzwischen den meisten USO-Leuten bekannt«, sagte Tekener grimmig. »Was tun wir, Lordadmiral?«

»Ein Ziel suchen und dann losschlagen.«

»Die Zielsuche ...« Tekeners Fingerspitzen strichen über die Lashatpockennarben seines Gesichts. »Wenn jemand wüßte, wo die Verbrecher sich verstecken.«

»Dann würden wir sie schnell und gnadenlos ausräuchern.« Ich beugte mich vor und deutete auf einen abgeschalteten Monitor. Als die NIPAAM IV abstürzte und wir den Springern halfen, hatten wir im Schiff und, soweit möglich, an einzelnen Springern winzige Siga-Sonden implantiert. Noch gab es aus der NIPAAM IV keine Informationen. »Die IMPERATOR III ist im Anflug. Bevor ich mit ihr starte, wißt ihr Ziel und Zweck des Fluges.«

Hinter Decaree und Tekener schloß sich das Schott. Ich ging schweigend und in tiefem Nachdenken zwischen den Glaswänden zum japanischen Garten, setzte mich zwischen Bambus, Gräser und Steine an den Rand des strömenden Wassers und versuchte einen Ausweg zu finden.

Stille und Halbdunkel erfüllten den großen Wohnraum. Ein einziges weißes Licht, das Cyriell Ghirmo-Zoltral mit halbgeschlossenen Augen fixierte, brannte an der gegenüberliegenden Wand. Sie lag ausgestreckt, die Unterarme über der Brust gekreuzt, in lautloser Dagor-Entspannung auf dem Rücken und forschte im Halbdunkel ihrer Erinnerungen.

In zwölf aufregenden Jahren an Atlans Seite hatte sie vieles gelernt; auch scheinbar unwichtige Impulse gehörten dazu, die zu Jahren, Personen und Geschehnissen des eigenen Stammbaumes zählten. Sie und eine Handvoll ihrer Vorfahren waren Arkoniden-Springer-Nachkommen; beide Geschlechter, das der Zoltrals und jenes der Springer-Ghirmos, hatten einst in der Galaxis politisches Gewicht gehabt. In winzigen Schritten tastete sich Cyriell entlang der Fäden und Knoten rückwärts; ihr war bewußt, daß selbst im Erinnerungsfundus einer nur fünfundvierzigjährigen Arkonidin bedeutungsvolle Splitter zu finden sein mußten. Vielleicht half ihr Auffinden, den Verbrechern schneller auf die Spur zu kommen.

Die Zeit schien stillzustehen, Cyriells Gedanken trieben dahin wie Sporen im Weltraumvakuum; schließlich stieß sie auf den Namen eines jüngeren Springerpatriarchen: Ertugrul Nipas. Seine Leute hatten die notgelandete, schwer beschädigte NIPAAM IV auf dem Raumlandefeld von Burg Abdaller Shang-Strz so weit instandgesetzt, daß zwei Springer-Reparaturschiffe das weltraumtüchtige Wrack abgeschleppt hatten. Sie stieß auf Ertugruls Großvater: Seniorpatriarch Katana – nun wurden Erinnerungen an Erzählungen in Cyriells früher Jugend substanzieller – im Beiboot versteckt, hatte man ihm schon vor fünfzig Jahren seltsame Freundschaften nachgesagt. Oder anders: Freundschaften und Beziehungen mit ungewöhnlichen Partnern; er habe Aralon angeflogen und Kontakte mit Báalon-Kultpriestern gewinnbringend ausgebaut. Und eine Blues-Familie habe ihm durch Handelsbeziehungen zu überraschend großem Reichtum verholfen.

Cyriells behutsam tastende Gedanken versuchten, Zeiten und Orte zu finden, an irgendwelchen Ereignissen festzuknüpfen, die Erinnerungen klarer hervortreten zu lassen; es schien vergebens. Was immer während eines langen Zeitraums geschehen war, blieb diffus, aber veränderte sich nicht mehr: ihr Logiksektor hielt die Namen fest. Langsam zog sich Cyriell aus den dunklen Nebeln der Vergangenheit zurück, fühlte plötzlich abgrundtiefe Müdigkeit und schlief ein; am Morgen erzählte sie Atlan, was sie halb im Traum, halb in der Erinnerung, gefunden hatte.

Im Lauf eines guten halben Maditloos-Jahres hatte Spezialist Leal Ezhabal, der terranische Statthalter auf Burg Abdaller Shang-Strz, den bläulich-schwarzen Bart verkleinert und zu schmalen Streifen ausrasiert. Die Bartenden auf seiner hellbraunen Haut gefielen nicht einmal mehr seiner Freundin. Er zupfte an einer der zusammengedrehten Spitzen und hob die Schultern, richtete den Blick in die Objektive.

»Ja, ich weiß – bis auf meinen störenden Bart ist bei uns alles in vorzüglicher Ordnung, Lordadmiral. Sie können Ihre biopositronischen und hyperinpotronischen Zentren beschwichtigen. Ob die Gerüchte Ihres Kurzurlaubs galaxisweit bekannt sind … niemand weiß es. Eine Mooff-Gruppe ist in ihrem Überlebenstank zu einem Rundflug aufgebrochen.«

Auf dem fast vier Quadratmeter großen Bildschirm des Interkom stand hinter Spezialist Kerken ›Echohawk‹ Ssamury, einem Indianerabkömmling, der weißgekleidete Arkonide. Zwischen Abdallers beiden Spitzkegel-Bauwerken und Burg Granval-Irw war eine altertümliche, zweidimensional-farbig arbeitende Bildfunkstrecke aufgebaut worden, die den unschätzbaren Vorteil hatte, bei Hyperenergieausfall meist zuverlässiger, jedenfalls genauer als Mooff-Telepathie zu arbeiten.

»Sind die grausigen Nachrichten über Krokoth auf Navander schon zu euch vorgedrungen?« fragte Ssamury.

»Ja. Wir haben die Burg und die zwei Spitzkegel weitestgehend insektensicher gemacht. Weißt du mehr?«

»Wahrscheinlich nicht mehr als ihr auf dem Festland. Jedenfalls herrschen im Center helle Aufregung und Hektik.«

Seit etwa einem halben Jahr war auf keinem der vier Triangel-Planeten ein Buccaneer gelandet. Sämtliche – legalen! – Handelsbeziehungen zwischen Welten des Imperiums, Olymp und den exotischen Planeten liefen über Freihändler; selbstverständlich wurde noch immer mit den meisten Fürstentümern auf der Basis von Howalgonium verrechnet. Echohawk Ssamury schien den Lordadmiral nicht zu beachten und fragte:

»Glaubst du, so wie ich, daß sich der mörderische Überfall mit Stigmaviren wiederholt?«

»Da bin nicht nur ich ganz sicher …« Der Doppelgänger des Despoten Abdaller unterbrach sich, drehte den Kopf und lauschte einer aufgeregten Stimme; Ssamury verstand kein Wort, aber er hörte die Summer und Sirenen eines Alarms, der die letzten Worte der Durchsage unverständlich machte. Ezhabel schrie:

»Fremde Schiffe! Sie waren in unseren Funkverkehr eingeblendet! Drei Objekte – eben angemessen! Sie kommen dicht hintereinander durch die Atmosphäre. Wahrscheinlich ein Angriff! Die Gerade führt zu uns und weiter zu euch, Kerken.«

»Verstanden. Alarm!«

Der bronzehäutige Spezialist mit der winzigen Tätowierung auf dem Wangenknochen löste für Atlans Burg den Alarm aus. Als Ezhabal aufsprang, sah er gerade noch, wie Atlan herumwirbelte und mit langen Schritten aus der Zentrale rannte. Fast gleichzeitig öffneten sich in sämtlichen Bauwerken beider Burgen die Terkonitstahlblenden vor den Energieprojektoren. Die Zielpositroniken begannen zu rechnen, nachdem sie neue Werte von Geräten der Nahortung erhielten; die Geschützbedienungen schoben die Regler in die Vollaststellung.

Drei Schiffe, hundert und zweihundert Meter Durchmesser, stürzten sich mit hochgefahrenen Schutzschirmen durch die Atmosphäre von Maditloos. Sie näherten sich in halsbrecherisch schnellem Flug durch die Wolken und über dem Hauptkontinent dem Stromdelta und, in Verlängerung der Eintauchgeraden, der ovalen Insel mit den drei charakteristischen Zeugenbergen im Zentrum. Sämtliche Energiegeschütze und die Rohre der konventionellen Hochleistungs-Pulvergeschütze richteten sich auf die heranstürmenden Objekte. An den Waldrändern öffnete sich die Grasnarbe über Raketenschächten, deren halbautomatische Magazine herumschwenkten und sich aufrichteten, als sähen sie die Angreifer.

Echohawk Ssamury sah auf einem Monitor, daß eine Batterie Abwehrprojektile aus einer Mauernische auf die Sonnenterrasse des Torturms hinausfuhr und sich Atlan auf den winzigen Sitz hinter dem Ablenkschild und vor die Zieloptik setzte. Der Monitor im Tower Abdallers zeigte vorübergehend kein Bild; die Geräusche sprachen von Hektik und dem Lärm, mit dem sich die Spezialisten und die jungen USO-Mitarbeiter auf die Verteidigung vorbereiteten.

»Verdammt!« Ssamury ließ seinen Blick über die Funktionsanzeigen gleiten. Sämtliche Verteidigungsanlagen waren aktiviert. Noch immer heulte der Alarm; ein Teil der Burgbewohner und die Arbeiter in den Gewächshäusern und auf den Äckern rannten zu den Schutzräumen. Die knapp fünfhundert Kilometer Flug über den poorquasischen Ozean, zwischen Abdaller und Atlans Burg, dauerten nur einige Minuten. Ssamury kippte den massiven Schalter; das Lärmen der Sirenen und Summer riß ab. Er brüllte in die Mikrophone: »Sind das etwa übriggebliebene Buccaneers? Alle Mann im Einsatz! Jeder andere geht in Deckung! Angriff!«

»Verstanden! Geht in Ordnung! Gebäude geräumt!«

Der USO-Spezialist überlegte rasend schnell, schaltete die Aufnahmegeräte ein und zuckte mit den Schultern: Gerade jetzt wäre der einzigartig beste Moment für den nächsten Hyperenergieausfall. Aber dies wäre zuviel vom gütigen Schicksal verlangt, sagte er sich, fuhr mit dem Lift ins Kellergewölbe und rannte über den Burghof bis in den Schutz der stählernen Torflügel. Über einigen Burgbauwerken hatten sich die Schutzschirme aufgebaut. Er konnte nichts anderes tun als warten.

Die Sekunden vergingen quälend langsam. Ssamury wartete, suchte mit dem schweren Glas den Himmel ab und sah schließlich drei Punkte, die zu Kügelchen und Kugeln anschwollen, die trotz schillernder Schutzschirme zwei lange weißgraue Rauchfahnen hinter sich herzogen. Sie flogen ein paar hundert Meter über den Wellen: ihr Ziel war Burg Granval-Irw. Kerken Echohawk Ssamury duckte sich, behielt die Angreifer aber im Auge. Ssamury sah, als die Schiffe nahe genug herangekommen waren, daß der Beschuß der Abdaller-Abwehr die Triebwerkswülste und Wandungen, auf denen Bilder und Schriftzeichen eingeätzt waren, gezeichnet hatte. Einige Schirmsektoren waren ausgefallen. Als die Schiffe, die dicht nebeneinander flogen, mit heulenden Triebwerken den Küstenstreifen erreichten, griffen sie an. Glutstrahlen, Bomben, Projektile und Energiegeschütze geisterten durch die Luft, trafen Teile der Burg, den Boden und Bäume und riefen Zerstörungen hervor. Der Lärm steigerte sich zu unbeschreiblicher Lautstärke, als verschiedene Geschütze, Raketen und Projektoren der Burg fast gleichzeitig in Tätigkeit traten.

Einige Stellen waren hinter konvexen Energieschirmen scheinbar unzerstörbar geschützt. Ziegeltrümmer und Brocken von Quadern flogen nach allen Seiten, Staubfontänen zischten von den Einschlagstellen schräg abwärts, in Einschlagkratern schmolz die Materie. Die Schiffe hatten stark abgebremst; es war für Sekundenbruchteile möglich, die Lettern zu erkennen. Mit dröhnenden Schlägen trafen Energiestrahlen die Schirme der Buccaneers. Ssamury glaubte, während sich die Schiffe langsam über die Polachse drehten, um alle Geschütze zum Einsatz zu bringen, etwas mehr zu verstehen: Die COSMOSHARK, die NUESTRA TIERRA und die EL DRAQUON versuchten, als sie im Bildfunk Atlan erkannt hatten, die Rache an ihm; offensichtlich war der Angriff im Landeanflug geplant worden. Ahnten sie, daß es Atlans USO gewesen war, die hundert Schiffe gekapert und Tausende Piraten gefangengenommen hatte?

Atlan bewegte, den Kopf über der Schutzaussparung des Schildes, die Steuerhebel der Abschußmagazine; seine Daumen drückten die Auslösekontakte. Perfekt gezielt, wie von einem Hochleistungsroboter, verließen kreischend und heulend die Raketen ihre Führungsschächte. Die Buccaneerschiffe hatten den Moment der geringsten Geschwindigkeit erreicht, und das Tosen der Triebwerke bewies, daß sie wieder beschleunigten, entweder um einen Kreis um die Burg zu fliegen oder zurück ins All zu starten – ihre Kapitäne kannten das Risiko des Energieausfalls ebenso gut wie jeder Schiffsführer im Bereich der Triangelsonnen.

Aus drei Magazinen schossen je einundzwanzig Projektile, suchten sich den Weg zwischen gewaltigen Rauch- und Dampfwolken und trafen die Schirme der Schiffe, durchschlugen sie zum Teil, rissen Löcher in die Hülle, erzeugten Detonationen, Blitze, Flammen, Rauch und wirbelten Fetzen glühenden Metalls auseinander, als die Schiffe wieder Fahrt gewannen und auf dem aufsteigenden Ast der Parabel versuchten, der Schwerkraft des Planeten zu entkommen. Die letzten Detonationen zerfetzten Mauerteile und Schiffsluken, trafen Atlans Geschütz und hebelten es mitsamt seinem brennenden und rauchenden Körper fünfzehn Meter durch die Luft, schnitten glühende Rinnen in den Boden und erzeugten riesige Staubwolken und Explosionspilze. Die Schiffe fegten über den Wald, dessen Kronen sich wie im Orkan schüttelten, kamen frei und rasten davon.

Der tosende Lärm ebbte ab. Ruß, tote Vögel, verschmorte Blätter und Staub senkten sich, die Windstöße ließen nach, die Triebwerksgeräusche rissen ab, während Echohawk Ssamury über den Hof hetzte, die Zentrale erreichte und abermals versuchte, eines der USO-Schiffe zu erreichen, die außerhalb des Sonnensystems operierten.

»Die Zerstörungen rund um Burg Abdaller halten sich in Grenzen. Keine Toten«, sagte Leal Ezhabal. Er stierte Ssamury an; seine Haut war aschefarben. »Das war persönliche Rache an Atlan. Wie geht es ihm?«

»Ich sah ihn nicht deutlich. Ich werde nachsehen, Kamerad«, sagte Ssamury heiser. »Unsere Burg steht. Wir haben uns gewehrt wie die Besessenen ...«

Ssamury deutete einen Gruß an, schaltete auf Rundspruch und ging durch Korridore, über Rampen und Wendeltreppen zur Turmterrasse. Eine Sirene heulte Entwarnung. Der Spezialist stemmte verbogene Türrahmen auf, tappte über Scherben und krümelige Splitter des Sicherheitsglassits und sah drei Meter vor sich die zerschmolzene, verbogene Konstruktion des schweren Mehrfach-Raketenwerfers. Im Winkel zwischen Bodenfliesen und Bruchsteinmauer lag verkrümmt der Körper des Arkoniden. Der USO-Kampfanzug, die Stiefel und die Handschuhe waren verschmort, das weiße Haar bis in die Wurzeln versengt, das Gesicht zerrissen und verwüstet. Die Brustplatte war aufgesprungen; Kerken Ssamury sah Drähte, Chips, Kondensatoren, den kompakten Hydraulikmotor und die geschmolzenen Elemente der Doppelgänger-Positronik.

»Lordadmiral Atlans halbzerschmolzene Kopie«, sagte der Spezialist leise. »Für eine Weile, vorausgesetzt die Buccaneers entkommen unseren Kreuzern, wird in der Galaxis wieder einmal verbreitet, daß Atlan schwerstverwundet auf Tahin liegt. Wie lange wohl? Nun – Atlan wird sich dabei etwas gedacht haben.«

Seewind trieb Rauch und Staub nach Norden. Nach und nach kamen die Burgbewohner aus ihren Verstecken und meldeten sich; es gab weder Tote noch Verletzte. Die Schäden waren beträchtlich, schränkten aber das Leben rund um Burg Granval-Irw nicht sehr ein. Kerken Ssamury setzte einen kodierten Rafferspruch an Quinto-Center ab und widmete sich fünfundvierzig Minuten lang der Schadensfeststellung, ehe er mit Abdallers Doppelgänger Verbindung aufnahm.

»Die Variationsbreite des Verhaltens unserer Gegner ist überraschend«, sagte er. »Mit diesem Angriff hat bestenfalls Atlan gerechnet. Aus diesem Grund läßt man wahrscheinlich die drei Schiffe entkommen; neue Gerüchte über seinen Tod oder schwerste Verletzungen.«

»Obwohl die Buccies von uns ziemlich schwer angeschlagen worden sind. Was haben eure Geschütze ausgerichtet?«

»Zuletzt waren sie noch flugfähig. Unser Atlan-Double war überzeugend. Ich glaube nicht, daß die Buccaneers ohne gute Werft weite Raumflüge leisten können. Das bringt sie nach BETA, zur Überholung. Hast du Schiffsnamen entziffern können?«

Leal Ezhabal schüttelte den Kopf.

»Schreib's auf: COSMOSHARK, NUESTRA TIERRA und EL DRAQUON. Aber damit soll sich Quinto-Center beschäftigen. Wir betreiben Wiederaufbau. Atlan muß damit gerechnet haben, daß die Buccaneers sich gründlich auf Maditloos umsehen. Sie machen keine Geschäfte mehr mit den Fürsten. Wer ist daran schuld? Wir oder die SolAb, klar? Und dann, eines Tages, zeigt sich hier der alte Arkonide. Da haben sie durchgedreht und angegriffen. So denke ich's mir.«

»Oder so ähnlich, denk ich auch. Wer gibt die Meldung weiter?«

»Abdaller Shang-Strz natürlich. Also du. Klar?«

»Klar. Bis bald, Kumpel.«

Roboter und Arbeiter fingen an, die Schäden zu beseitigen. Ssamury und Leal Ezhabal versuchten, diesen Überfall als

Mosaiksteinchen im Gefüge der verworrenen Situation in der Galaxis zu sehen. Mit Stigmaviren hatte dieser Verzweiflungsangriff höchstwahrscheinlich nichts zu tun. *Oder doch?* fragten sich Ezhabal und Ssamury voller böser Ahnungen, ehe der Braunhäutige fluchend daran ging, seinen Bart gründlich abzurasieren; er setzte Enthaarungscreme und Schneide dicht unter der Stirn an.

Zuerst tupfte er die Fingerspitzen in den Cremenapf, dann massierte er behutsam sein rechtes Auge. Es schmerzte und war blutunterlaufen; die Folge davon, daß Cossel Macishka zu lange ins gummigeschützte Okular des Mikroskops geblickt hatte. Er hatte es fast richtig ausgerechnet: Zwei seiner schönsten und aufwendigsten Puppen, die ›laszive Tefroderin‹ und der ›intrigante Twonoser‹ waren von Fürst Cadfer Jugula, Herr auf Kastell Timiral des Planeten Jermina, zur Reparatur zurückgeschickt worden; Sollbruchstellen und geplante Abnutzung, unterstützt durch rüpelhafte Behandlung, hatten bei diesen ausgesuchten Marionetten ihren Zweck erfüllt.

Zuerst hatte Cossel den Datenspeicher des Twonosers geleert; er war voller Informationen, die zwölf Marionetten geliefert hatten. Zwölfmal neun Monate zufälliger Gespräche aus vielen Teilen des Planeten. Davon waren vermutlich nicht mehr als zwei Prozent brauchbar, aber das würden die Großrechner in Quinto-Center besser und schneller analysieren können.

Die haarfeinen Anschlüsse des Bewegungsapparates der Tefroderin waren repariert; Cossel blinzelte, rieb sein tränendes Auge und war sicher, daß er heute das Mikroskop nicht mehr würde benützen können. Er nahm den winzigen Kopfhörer ab und schaltete den Akuworkman ab; seit zwei Tagen hörte er die Speicher ab: Mindestens sieben Dutzend verschiedener Stimmen konnte er inzwischen unterscheiden. Hörte er etwas Verwertbares, Interessantes oder etwas, das seinen Verdacht erregte, überspielte er die Sätze auf einen zweiten Memochip. Er schüttelte sich, blinzelte und gähnte.

»Zeit für einen Nachmittagsschlaf, Cossel«, sagte er laut, ließ die Tür des monströsen Kühlschranks aufgleiten und kippte den Verschlußmechanismus einer Literflasche schwarzen Bieres aus einer Brauerei in Lepsos westlichen Wäldern. Das sündteure Bier gluckerte in ein Glas, der Schaum war schneeweiß. »Beruhigende Hopfenauszüge helfen beim Einschlafen.«

Der Puppenmacher beseitigte die wichtigsten Spuren in der Werkstatt, ging in den Schlafraum und nickte dem Hologramm seiner Lebensgefährtin Maonee Jetsun zu. Er ließ die dunklen Vorhänge zugleiten, leerte das Glas und streckte sich unter der Felldecke aus. Er schlief einige Stunden und benützte die Phase zwischen Schlafen und völligem Wachsein, um unzählige Vorkommnisse seit den Tagen des Planetaren Basarfestes, dem lepsotischen Staatsfeiertag, in ein sinnvolles Schema einzugliedern.

Die Entdeckung der Triangel-Sonnen und ihrer vier vergessenen Welten hatte die Existenz eines Brückenkopfes der Blues- und Springerschiffe zwischen Eastside und Imperiumswelten aufgedeckt. Die letzten Nachrichten von ›dortseits‹ klangen übel: Massenmord in Krokoth auf Navander. Die Diebesinnung von Lepso schien neue Kunden zu haben, die Einzelteile einer vollautomatischen Kunststoff-Formierungs-Großanlage brauchte; Girmil Yenavain wußte nur, daß Formwerkzeuge und positronische Steuerungen über Lepso verschifft worden waren. Cossel bewegte zögernd seine Zehen, schwang sich ächzend aus dem Bett und schaltete die Beleuchtung ein.

»Es besteht Handlungsbedarf, Puppenmacher!« sagte er zu sich und gähnte.

Planmäßig war die prächtige Tefroderin-Puppe leichter zu reparieren als der Twonoser; Cossel machte sich wieder an die Arbeit und fügte Bauteile zusammen, die den Twonoser für mehrere Jahre stabilisieren würden. Wahrscheinlich bekam er wieder die Tefroderin – oder eine andere Marionette – als Informationsträgerin zurück. Während er mit Mikrowerkzeugen hantierte, hörte er den Speicherchip ab und schüttelte ab und zu den Kopf: In den Burgen der Triangelwelten herrschten erkennbar rüde Sprache und verwunderliche Sitten. Plötzlich, als er die Oberfläche der Mikrophone in den Tefroderohren säuberte, zuckte Macishka zusammen und legte das Werkzeug nieder. Die Aufnahme war, vermutlich weil nachts längere Zeit niemand geredet hatte, angehalten worden. Ein Schaltgeräusch bewies, daß eine jener Puppen-Kostbarkeiten einen Dialog auffing und notierte.

Cossel holte nach den ersten Sätzen tief Luft, spielte die Worte auf den anderen Chip über und lehnte sich zurück. Ein Fürst, den er nur akustisch als ›Normidar‹ kannte, unterhielt sich mit einem Fremden, der über eine kräftige Baßstimme verfügte.

Normidar: Warum sollte ich, Dutzende Tagesreisen weit entfernt, das angeblich goldstarrende Fürstentum samt der Tanzsklavinnen meines Nachbarn übernehmen? *Der Fremde (Macishka glaubte, die typische Betonung des Interkosmo zu erkennen, wie sie Springer gebrauchten)*: Du würdest Burgen, Häuser, Werkstätten und Ställe unversehrt bekommen. Völlig menschenleer. Wenn's dort Aasfresser und aasvertilgende Vögel gibt, müßtest du nicht einmal Leichen begraben.
N.: Sehr entgegenkommend. Was müßte ich tun?
F.: Die Handlungsanweisung beachten und einige Transportbehälter zum rechten Zeitpunkt öffnen.
N.: Und dann?
F.: Sechs Monate deiner Zeit warten, oder etwas länger.
N.: Und danach sind alle menschlichen Wesen tot?
F.: Dafür wird garantiert.
N.: Vorausgesetzt, ich wäre an solch einem unritterlichen Überfall interessiert …
F.: Einschließlich der Garantie, daß wir bei Nichterfolg fünfundneunzig Prozent zurückzahlen, kostet es dich für einmalige Anwendung eine Milliarde Solar. Auch in Howalgonium oder anderen Waren zu bezahlen.
N.: Soviel habe ich nicht. Wenn meine Urenkel mit dem Land nicht auskommen – sieh aus dem Fenster, es erstreckt sich

bis über den Horizont! –, sollen sie mit dem Nachbarn darum kämpfen.
F.: Du bist demnach an diesem günstigen Einführungsangebot nicht interessiert?
N.: Gar nicht. Die Barone auf Navander und Jermina sind keine Mörder, die Giftwesen züchten oder aussetzen. Bleib mein Gast, aber sprich nicht mehr von diesem Gezücht.
N.: Vielleicht hättest du auf Lepso mehr Interessenten …

»Ein Diskurs unter Ehrenmännern!« brummte Cossel Macishka. Seine Handflächen und die Stirn waren schweißfeucht. Er unterbrach die Kontrolle der Aufnahmen und stand auf. »Selbst ein gehörloser Optimist würde ohne zu zögern sagen: Stigmaviren! Was tun, Cossel?«

Er sah auf die Uhr. Tiefe Nacht. Bevor er weiterarbeitete, bereitete er einen doppelstarken Thaccom und träufelte terranischen Armagnac in den goldfarbenen Sud. Minutenlang überlagerte der Geruch der wertvollen Spirituose die Ausdünstungen der Werkstattgeräte. Als ihm während der Reparatur einfiel, was als nächstes zu tun war, nickte Macishka und verpackte kurz nach dem Morgengrauen beide Puppen zuerst raumfest in Folie, dann in Originalschachteln, ehe er den Musikhändler Girmil Yenavain anrief. Sie verabredeten sich im ›Sternenpalais‹ zum Frühstück.

2.

Über dem planierten Boden des strandnahen Dschungels lag eine zwei Ellen hohe Schicht steinerner Quader, in denen die Holzsäulen verankert waren. Ihr Durchmesser war größer als der seines Körpers, fand Seniorenpatriarch Katana Nipas, als ihn die Roboter vom Pfad über den breiten Sandweg schleppten. Feiner Sand bildete auch den Boden aller Wohngebäude und des Tempels. Auf einigen Stellen waren Teppiche aus dunklem Gewebe ausgebreitet, auf denen Teile der Einrichtung standen; Fabrikate von Terra, Arkon, anderen

Industrieplaneten. Aus der dunklen Kulisse des Urwaldes um die ovale Lichtung gaukelten große Schmetterlinge. Vögel kreisten über den geschwungenen Dächern, und zahllose Laute unsichtbarer Tiere bildeten eine Art Musik zu den Bewegungen weniger Wesen, die hinter gefärbten Glasflächen zu erkennen waren. Selbst das Sprechen bedeutete Mühe; halblaut sagte er zu Usma Lazu-Tashtxan:

»Wenn ich der letzte beim Konklave bin, hat es seinen schlechten Grund. Ich war an Bord, als mein großes Schiff auf Maditloos abstürzte.« Eine Grimasse des Hasses glitt über sein faltiges Gesicht. »Viele meiner Sippe starben, ich wurde schwer verletzt. Das Bein, der Arm, und mein Körper stecken in einem Kunststoffkorsett.«

»Mit meinen Medikamenten werde ich deine Schmerzen vertreiben können, Seniorpatriarch.« Usma verbeugte sich leicht. »Willkommen auf Trahirs verborgener Welt.«

»Danke. Auf wen wartet ihr noch?«

»Auf Klanx und den Gataser.«

Unter dem Dach des trapezförmigen Einganges, hoch über der Schrägung der Stufenpyramide, wartete der Patriarch, hielt die Roboter an und drehte sein Traggestell. Unter den Kronen des ausgelichteten Waldes, jenseits der Unterkante des gestuften Hanges, ruhten einige Dutzend unterschiedlich großer Container auf wuchtigen Balkengerüsten: Wohnquartiere der Arbeiter und Brutlabors der Insekten, deren Zuchtstämme mühsam genug auf den Planeten des Imperiums gefangen worden waren. Auch seine Sippe hatte viele Spezimen zusammengetragen. Er seufzte.

Usma machte eine unbestimmte Handbewegung. Glasplatten glitten zur Seite, ein kühler Hauch vertrieb die feuchtwarme Luft des Dschungelrandes. Usma trug ein bodenlanges weißes Gewand mit breitem Gürtel und eine Kühlkapuze. Am hohen Kragen, den der Gelbe Kreis als Brosche zusammenraffte, und an den Ärmelenden glitzerten kostbare Stickereien aus Edelmetall und Stein.

Sie ging neben ihm her in die Halle, die nach ätherischen Holzölen roch, dirigierte die Roboter in einen Korridor und öffnete die Tür zu einem ungewöhnlich großen Raum aus Stein und Holz vor einer auskragenden Terrasse. Leise sagte sie:

»Wir haben das Labor vom Planeten Abishadia hierher verlegt. Hier sind die Brutgruppen sicherer als irgendwo sonst. Das Konklave beginnt morgen oder übermorgen. Thyrnossa hat einen Dreißigstundentag. Die Diener warten auf deine Befehle, Katana. Diolais Trahir eröffnet und leitet das Konklave, wenn wir vollzählig sind.«

»Danke. Diesmal entscheiden wir über die Einsätze unserer Waffen, Große Frau! Morgen planen wir die ersten Schritte der Rückeroberung unserer Macht. Ein Schiff meiner Sippe bringt Ausrüstung für Brut, Züchtung und Verschmelzung mit den Sporenfäden.«

»Die ersten großen Erfolge auf dem langen Weg der Rache«, sagte die Arafrau, ging einige Schritte zurück und ließ die Tür zugleiten. Die Roboter setzten den Patriarchen an einem Holztisch mit weißer Steinplatte ab, öffneten die Koffer und Datenbehälter und verließen den Raum, um das Gepäck der drei jungen Sippenangehörigen zu holen.

Gegen Abend, nach dem täglichen Regenguß, begann der Patriarch einen Spazierflug; der Schwebesitz massierte die schlaffen Muskeln der ruhiggestellten Gliedmaßen, und zwei Injektionen Usmas hatten genügt, um jeden Schmerz zu vertreiben. Arbeiter errichteten Wohnbauten und erweiterten die Labors, die Pfade wurden zu breiten Bahnen aus Bohlen, der Tempel mit dem würfelförmigen ›Unbetretbaren‹ wuchs, während die Säulen aus mächtigen, entkernten Holzzylindern und Stein kunstvoll geschnitzt und mit herrlichen Steinmetzarbeiten verziert wurden; auch Trahirs Haus wuchs in die Breite und in die Höhe. Etwa siebenhundert Wesen wohnten und dienten hier – sie sahen in Katana Nipas' Augen wie Klone aus und wirkten beflissen und wenig gesprächig. Als Sirbis Wyk hinter die Baumkronen sank, wartete Diolais Trahir vor Katanas Wohnräumen.

»Dein Flug, Patriarch, war hoffentlich angenehm.« Sie verbeugten sich voreinander, die Tür glitt auf. »Ein versteckter Platz auf einer unverdorbenen einsamen Welt ist für uns die nächsten Jahre angemessen; entsprechender als Iglus auf einem rostigen Wrack.«

»Die Sippe der Nipas dankt für deine großartige Gastfreundschaft, Hoher Báalol. Ich kam mit dem Beiboot eines kleineren Schiffs, das weiterflog. Von meinem Mißgeschick hast du gehört?«

»Diolais Trahir entgeht nichts. Was ist tatsächlich geschehen?«

»Wir fanden im Bereich vor den Dunkelwolken einen Planeten und dort einen Fürsten, der uns geeignet schien als Statthalter. Abdaller Shang-Strz, einfältig, machtbesessen, ohne Skrupel, verlangte, daß wir gegenüber den anderen Baronen und Grafen zeigen, daß er der Größte und Mächtigste sei. So verließen wir den sicheren Orbit, zeigten das Schiff in ganzer Größe, flogen in drohenden Kreisen um diese Fürstentümer und wollten landen, um ihm einige Züchtungen zu übergeben, mit deren Hilfe er Macht und Ansehen auf Maditloos festigen könne. Alle Hypergeräte und Maschinen versagten bei der Landung.« Er begann, die Teile seines VloVlay auszupacken und auf dem Tisch aufzureihen. Er wußte, daß sie den Chipwürfeln ähnelten, der ›Zweiten Plage‹. »Landestützen, Träger, etliche Tanks, Hydraulik und anderes wurde zerstört; auch meine alten Knochen. Ich bin mit den Züchtungen für Maditloos – der Arkonide hat schon seine Kreaturen dort! – im Beiboot geflohen. Die USO-Leute halfen meiner Sippe, begruben die Toten und ließen zu, daß zwei Hilfsschiffe die stolze, zerbeulte NIPAAM IV zurück ins All schleppten. Da uns diese seltsame Ritterlichkeit mißtrauisch machte, untersuchten wir jede Handbreit des Wracks. Wir fanden Dutzende fast unsichtbar kleiner Spür- und Spionsonden. Die NIPAAM IV wird die USO nicht zu geheimen Zielen führen! Es wird aber Monate dauern, bis die NIPAAM IV wieder fliegt.«

»In wenigen Jahren, Katana, wird auch dein Schiff zu jenen Einheiten gehören, von denen die Galaxis beherrscht wird.«

»Nur einen bestimmten Teil zu beherrschen, das Monopol zu erneuern – das ist die Absicht meiner Sippe.«

»Wir wissen es. Deine Helfer wohnen dort« – Trahir deutete auf drei Tastfelder in der Tischplatte und nach links, zum Anbau. »Bevor wir reden und planen, essen wir gemeinsam. Morgen. Wenn du das Fenster schließen läßt, hörst du nichts vom Dschungellärm.«

»Ich hab' im All die große Stille genossen; vielleicht erfreuen mich Vögel und andere Schreihälse mehr.«

Bis zum ersten gemeinsamen Treffen studierte Katana Nipas die Unterlagen, die ein schweigsamer, braunhäutiger Diener gebracht hatte. Für knapp drei Dutzend ausgesuchter Planeten warteten

Züchtungen verschiedener Insekten auf die Aussaat. Die Stammvölker und -individuen waren nach Aggressivität und möglichst hoher Vermehrungsrate ausgesucht worden. Der erste Test auf Krokoth, Navanders Halbinsel, war erfolgreich gewesen, obwohl nur die Stigmaviren angewandt worden waren. Der zweite Versuch, der durch den Abwurf einiger hundert Tonnen Chipwürfel bereichert werden würde, galt voraussichtlich als Erfolg, so daß die automatische Fabrik auf Nabersaigs Mond mit voller Leistung arbeiten konnte, mit der zweiten und – nach voraussichtlich drei Monaten – dritten Generation der Chipwürfel. Für die Formel der aktivierenden Polymerisation hatte Grayvel Klanx gesorgt. Katana Nipas bereitete sich gründlich vor und fügte in die Unterlagen jeden Schritt, jeden Schachzug ein, an dem Springer beteiligt waren; die Zeilen und Chiffren addierten sich.

Der Hohe Báalol Diolais Trahir, Träger des violetten Kreises, breitete die Arme aus, hob die schlanken Hände und machte eine segnende Geste. Er blickte schweigend jeden Teilnehmer des Konklave an und deutete auf den hochgewachsenen, braungebrannten Arkoniden, der sein langes Haar in einem dicken Nackenzopf trug.

»Unser Gast, der Edle Tabingthra von Gwalon-Piro, ist eingeweiht. Ich eröffne unser viertes Konklave, das zweite in dieser Größe und Tragweite. Wir, die Versammelten, sind nur Einzelne an der Spitze großer Organisationen; was wir beschließen, wird durchgeführt. Keine Schmerzen mehr, Seniorpatriarch?«

»Dank der Fürsorge der Großen Frau Usma Lazu fühle ich mich wie ein junger Vogel.« Er wandte den Kopf und sah den Arkoniden an. »ARK'ALOR? Die Arkonbomben?«

»Er war Musterabsolvent der Atlan-Universität auf Fossil.« Grayvel Klanx kicherte, hauchte den blauen Kreis-Schmuck an und polierte ihn am Ärmel. Diolais hob die Hand

»Zunächst für uns alle eine Beruhigung. Alle Buccaneerkapitäne, die noch mit uns zusammenarbeiten, haben nachgesehen. Willenlose Abhängige haben die ›Lexika der bewohnbaren und bewohnten Welten‹ und die Speicher von XENOGRAMM, jeden Almanach und die aktuellen Flottenhandbücher durchgesehen. Edler von

Gwalon durchsuchte arkonidische Speicher und alte Aufzeichnungen. In keinem Werk, an keiner Stelle sind das Sirbig-Wyk-Sonnensystem, seine beiden Planeten Thyrnossa und Nabersaig und der Mond Nüven verzeichnet. Weder Rhodan noch Atlan kennt unseren Aufenthaltsort.«

Katana Nipas fügte etliche VloVlay-Teilchen zusammen und sortierte die wenigen übriggebliebenen Elemente. Der Anti sprach weiter.

»Unser Ziel ist Terra. Wer den Kopf hat und das Rechenzentrum NATHAN, der kontrolliert das sterbende Imperium und hat gleichzeitig der Rache gefrönt. Schnell werden sich alle Menschen, die mit der Vorherrschaft des Imperiums unzufrieden sind, mit uns verbünden, um ihre Ziele zu erreichen. Allerdings würden sie auch mit anderen paktieren, mit weniger Vorausblickenden und Erneuernden als uns. Ihr wißt vom Erfolg des ersten Schlages?«

Glayvel Klanx nickte dem Huldvollen Gataser Makyriy Tosymon zu. Tosymon hörte auf, in den Folien zu blättern, und legte die Krallenhand auf den blauschimmernden Kreis.

»Auch der zweite Schlag wird ein Erfolg. Wir erwarten stündlich die Meldung. Die Chipwürfel werden unter den Helfern ein feines Massaker anrichten. Wenn es so ist, entscheiden wir über den dritten Schlag. Wir müssen darüber diskutieren, ob wir gleichzeitig mit der Aktion gegen Terra auch alle anderen Züchtungen aussetzen, oder wenigstens die auf den strategisch wichtigen Welten.«

»Das werden wir diskutieren«, sagte der Huldvolle. »Wir werden auch diskutieren, auf welche Weise und in welchen Winkeln der Galaxis unsere Korsaren verschwinden. Und warum sich die Überlebenden darüber beklagen, daß ihre geheimsten Verstecke entdeckt und vernichtet werden. Ob es Verräter unter den Blues gibt. Diese Fragen stellen schon unsere Regierungen, immer lauter und drängender. Wieder dieser Arkonide!«

»Ein Grund mehr, weswegen sich die Gataser und alle Blues an Atlan rächen müssen«, sagte Usma Lazu. »Ich weiß, daß seine Ultraschlachtschiffe eure Piraten jagen. Und wenn der Arkonide jagt und schießt – oder jagen und schießen läßt –, trifft er auch.«

»Nicht immer.« Der Akone sprach halb anerkennend, halb haßerfüllt. »Er beweist aber, daß sich Teile des sterbenden Imperiums

durchaus kraftvoll dem Wiederaufbau und dem eigenen Schutz widmen können. Besonders die SolAb. Und noch mehr der Gründer der angeblich seit rund achtzig Jahren geheimen Atlan-Universität.«

»Ich habe, nicht erst auf Fossil und geheim, sehr wohl gelernt, Atlan nicht zu unterschätzen. Man unterschätzt keinen Gonozal von Arkon.«

»Wir nehmen es zur Kenntnis«, sagte der Gataser, einer der Imperialisten, denen die Hegemonie aller Blues-Nationen wichtig war. Er betrachtete die Farbringe der CV-Erneuerer. »Wie steht es mit der Selbstvervielfachung der Chipwürfel?«

Der Akone begann zu erklären. Ein Teil der Nabersaig-Kunststoffmasse, aus denen die Einheiten bestanden, war in der Lage, Atome und Moleküle an sich zu binden und sich nahezu vollkommen zu duplizieren. Beim Fall durch die äußeren Schichten bestimmter Lufthüllen wurden die Chip-Einheiten durch Hitze, Kälte und Sauerstoffmangel aktiviert; in tieferen Schichten banden sie Spurengase und Kohlenwasserstoffe an sich, wuchsen in unterschiedlicher Menge und Schnelligkeit und teilten sich; die auf diese Entwicklung folgende Generation versorgte auf diese Weise die Sporenfäden und zwang die wandelbaren Zellsysteme, sich zu vermehren, also an Gesamtmasse zuzunehmen. Einige tausend Meter über dem Planetenboden hatten die Fäden noch keine Intelligenz entwickelt, sondern verhielten sich wie primitive Schmarotzer; erst am Boden waren sie fähig, in lebende Organismen einzudringen und neue, intelligenzerzeugende Zellteilungen zu beginnen.

Katana Nipas betrachtete die Arafrau. Seit er erfahren hatte, daß Gonozal VIII, also Atlan selbst, die Herstellung des Langlebigkeitsserums verboten hatte, verstand er das Maß des Zorns und des Hasses, das Usma verströmte; es hätte ihr ein Leben von 800 Jahren oder gar einem Jahrtausend gesichert.

Die Stunden des ersten Konklavetages waren mit Rechenschaftsberichten, einer summarischen Kostenübersicht und der Diskussion darüber ausgefüllt, warum von den Blueswelten aus das Rauschmittel Elixier Felicitas schwerer zu verkaufen war; ständig mußten neue Märkte, Verstecke und galaktische Schleichrouten gefunden werden. Erst gegen Ende des nächsten Tages wandten sich die Teilnehmer wieder ihrem Ziel zu: der Machtübernahme auf Terra und sieben wichtigen Planeten des Imperiums. Mitten in der Nacht kamen die Informationen, die den Ablauf des zweiten Versuchs schilderten.

3.

Girmil Yenavain musterte den braunhaarigen, grauäugigen Puppenmacher, der unrasiert dahockte und grämlich das Glas drehte. Ein weißer Pullover mit Kaffeeflecken spannte sich über Cossels Bauch. Girmil nahm einen Schluck und sagte:

»Du siehst aus wie nach einem Monat Zwangsarbeit im Howalgoniumbergwerk, Cossel. Wo ist die Heiterkeit, die dich im täglichen Einerlei auszeichnet?«

»Irgendwo im All.« Cossel schob die Sonnenbrille auf die Nasenspitze und betrachtete die Köstlichkeiten auf der gedeckten Tischplatte. »Was sagen deine Spürgeräte?«

»Wir können ungehindert sprechen.« Girmil deutete auf ein Band am linken Handgelenk. »Trotzdem ...«

»Schon verstanden. Ich hab' die halbe Nacht durchgearbeitet. Zwei Puppen kamen von Navander zurück; du warst dabei, als Fürst Cadfer Jugula sie mitgenommen hat.«

Girmil nickte und füllte die Tassen. »Ich höre.«

»Auf Navander – Bedeutung bekannt? – hat jemand, möglicherweise ein Springer, Akone oder Báalol-Priester, Stigmaviren angeboten. Er sprach von einer Vorlaufszeit von etwa sechs Monaten und Transportbehältern. Die Menge, mit der man ein Fürstentum entvölkern kann, kostet eine Milliarde Solar, zahlbar in Naturalien. Ich hab' eine Puppe abgehört; fünfzehn Stunden Dauertext sind übrig.«

Girmil ließ die Tasse sinken, sah in Cossels rotgeränderte Augen, pfiff durch die Zähne und zuckte mit den Schultern.

»Dabei fällt mir ein, daß ich meine Post heute noch nicht gesichtet habe. Sendest du die Information an den Alten?«

»Ja. Morgen nacht.«

»Ich kann ein Gerücht beisteuern. Von Joork, der Kazike der Diebesinnung, meint sicher zu sein, daß jemand irgendwo eine Fabrik gebaut hat, die unendlich viele Plastikteile herstellen soll: Würfel, Kugeln und ähnliches. Nun ist das kein Indiz für Verbrechen, aber daß Langfinger Versandkisten klauen und zum Raumhafen schaffen, wo sie von einem unbekannten Schiff abgeholt wurden, läßt selbst von Joork stutzen. Es trägt einen ungewöhnlichen Namen: OSMOSE K. Lud nur ein und startete.«

»Notiert. Ich geb's weiter. Stigmaviren, Plastikteile, der Tod auf Krokoth. Hundert gekaperte Buccaneers. Nachschub an Elixier Felicitas aus der Eastside: vorerst abgeschnitten. Die unbekannt großen Vorräte: noch nicht entdeckt.« Cossel schichtete Braten und Wurstscheiben auf den Käse des Sandwichs und musterte eine Wolke. Sie veränderte ihre Umrisse und sah plötzlich wie ein böser alter Ara aus. Der Puppenmacher zeigte darauf und brummte: »Üble Sachen, Girmil. Vielleicht geht meine Fantasie mit mir durch, aber – irgendwie zielt jemand auf unseren hochverehrten Chef. Er soll in große Schwierigkeiten gebracht werden.«

»Der alte Arkonide lebt seit Jahrtausenden mit großen Schwierigkeiten, Cossel. Schon immer.«

Sie aßen schweigend, überdachten das Erfahrene und ihre eigenen Gedanken. Über seine Puppen würde Cossel in der nächsten Zeit wenig erfahren können; er rechnete damit, in den Aufzeichnungen des Speicherchips noch etwas zu finden.

Wieder prasselte ein kleiner Schwarm Insekten gegen die Panoramascheibe und hinterließ, aus Stacheln oder Drüsen, gelbe, schleimige Spuren auf dem Glassit. Unwillkürlich duckte sich Ty Caumont und blickte auf den improvisierten Flammenwerfer mitten auf dem Schreibtisch. Die blutrote Sonne, von rußigen Wolken in Querstreifen zerschnitten, sank hinter den Horizont. Am Rand des Swimming-pools, zwischen den Hochbauten und dem Parkstreifen, lag der Kadaver eines weißen Helix-Tigers, von zahllosen kleinen

Blutmalen übersät. Nacheinander schalteten sich die Beleuchtungskörper ein; als hätten sie ein neues Ziel, stürzten sich Insektenschwärme auf die Lichtquellen. Caumont drückte drei Tasten seines Kontrollbords und sagte:

»Caumont spricht. Macht euch wieder auf eine nächtliche Belagerung gefaßt. Niemand geht nach draußen. Ich wiederhole: Niemand! Hilfsschiffe sind unterwegs. Die Männer mit Flammenwerfern und Dampfstrahlern dürfen nur in Räume, die wir als Schleusen verwenden. Bestätigung!«

»Verstanden.«

Die zweite Nacht der Belagerung fing an. Woodlark, die planetare Gemeinschaftsintelligenz, hatte große Schwärme Vögel, Riesenspinnen und große Fluginsekten geschickt, die sich hungrig auf Großwespen, vierflügelige Stechmücken und die anderen Insekten stürzten, sich satt fraßen und von der Übermacht umschwirrt und zerstochen wurden. Zwischen den niedrigen Bauten westlich des kleinen Raumhafens, am Rand der James-B.-Helix-Roveda-Siedlung, flammten in Sekundenabständen die Thromben der Flammenwerfer auf; Männer in verschmierten Raumanzügen kämpften gegen die Schwärme. Dutzende Frauen und Männer der fünftausend Köpfe zählenden Stammbesatzung in Port Kosmarikos waren gestochen worden und lagen in der Krankenstation.

»Warum? Wer? Was soll der Angriff?« murmelte Caumont zum dreißigstenmal und lief im Büro hin und her. Seit das Ausmaß der Insektenplage erkannt worden war, die sich auf das Gebiet um Port Kosmarikos und den Raumhafen konzentrierte, litt auch er unter der Isolation. Die gesamte Bevölkerung von knapp zehntausend Terranern hatte zunächst instinktiv reagiert und sich in den Hochbauten verkrochen; die Fluginsekten drangen durch Ritzen, nicht völlig geschlossene Fenster, durch Klimaanlagen und Kamine ein. Caumont wußte nur, daß schon drei junge Frauen an den Stichen gestorben waren.

Ultraschallgeräte halfen nicht. Die Insekten waren wie rasend. Die kleinen Vorräte der Sprühmittel – Woodlark regulierte die Insektenpopulationen mit biologischen Mitteln –

hatten nur wenige Exemplare getötet. Flammenwerfer und Dampfstrahler vernichteten einzelne Schwärme, konnten aber die unfaßbare Masse kaum reduzieren. Caumont, erst vor zwei Monaten von einer Werbereise zurückgekommen, hob die Schultern: Einst hatte er selbst Woodlark als ›Mordplanet‹ bezeichnet.

Die Gegenwehr hatte die Insektenschwärme zwar dezimiert, aber sie schienen sich weiter ungehindert zu vermehren. Caumont war allein im Büro, an das sich seine Wohnung anschloß. Er hatte getan, was möglich war, jetzt gab es nichts anderes als warten. Er hoffte, daß die Schwärme nicht Ansaugfilter oder Maschinenanlagen der Mooff-Habitate außer Funktion setzen würden, aber der Kuppelbau lag hundertzehn Kilometer weit landeinwärts. Woodlark, seine riesige Freundin, kämpfte an seiner Seite; er versuchte, an ihrer Seite zu kämpfen. Woodlark hatte klebrige Insektenfallen-Blüten geöffnet, einige Arten erwachsener Bäume sonderten klebriges Harz ab, an denen Mücken und Fliegen kleben blieben – es war zuwenig. Myriaden Insekten, mindestens vier Arten, belagerten Port Kosmarikos.

»Verdammt! Nicht einmal ein Raumanzug ist für mich da!«

Er warf sich in einen Sessel und starrte hinaus in die Dunkelheit, die in unregelmäßigen Abständen von den Dampffontänen aufgehellt wurde.

»Wann kommen endlich die Schiffe?« stöhnte er.

Caumont sehnte sich danach, mit Woodlark zu kommunizieren; vielleicht würde der Planet erklären können, warum die Natur derartig entgleist war. Es mußte etwas zu bedeuten haben! Das Dröhnen abgefeuerter Thermostrahler ließ die Scheiben vibrieren. Seit er zum erstenmal in das Gefühlsgefüge der planetaren Gesamtheit eingetaucht war, fühlte er sich als Bestandteil Woodlarks. Jetzt litt er nicht nur mit den Siedlern, sondern auch mit dem geschundenen Planeten. Er schreckte auf, als der Minikom knackte.

»Caumont. Was ist los?«

»Hilf mir! Kalyan Zakr hier. Mein Tank ist leer. Kommst du in die Schleuse?«

»Sofort. Ich bring' mein Gerät und den letzten vollen Kanister mit.«

Er blickte zur Scheibe. Die Dunkelheit hatte das Fenster des Büros und vieler anderer Wohnräume zu eckigen Lichtflächen gemacht. Die Insekten suchten das Licht und bildeten binnen kurzer Zeit eine dicke Schicht vor dem Glassit, die zu quirlen und zu schäumen schien; Zehntausende winziger Körper, die durcheinanderkrochen und versuchten, das Glas mit Stacheln, Kiefern oder Mandibeln zu durchbohren. Caumont streifte Handschuhe über, packte die Ausrüstung und hastete zum Lift. Die Kabine brachte ihn ins Untergeschoß des Wohnturms Er sah sich im Lagerraum um, aber außer dem Nachfüllelement sah er nichts, das gegen die Insekten helfen konnte. Seit Stunden gab das Funkgerät, dessen Lautsprecher in seinem rechten Ohr steckte, nichts anderes als Flüche, Jammern, Vorwürfe und Hilferufe von sich, die er alle ignorieren mußte. Er hob den Kanister aus der Halterung und wartete vor der Metalltür.

Ty Caumont hörte scharfes Krachen, das Fauchen des Werfers, das durchdringende Summen der Türmechanismen; die Innentür glitt auf, und Kalyan Zakr, der Chef der Neusiedler, taumelte herein. Der leichte Raumanzug war von der Helmantenne bis zu den metallverstärkten Stiefeln verklebt; voller zerquetschter, sterbender, zuckender, halb versengter Insekten und überschüttet von deren Sekretionen. Zakr ließ Schlauch, Flammenlanze und Auslöser fallen und lehnte sich gegen die Wand.

Caumont packte einen Dampfstrahlreiniger, schaltete das Gerät auf Maximum und sprühte den Anzug mit zischenden Wasserstrahlen und wirbelndem Dampf ab. Er schnallte den Tornister von Zakrs Rücken und sagte:

»Erhol dich jetzt, Kalyan. Ich steig' in den Anzug und mache weiter. Los!«

Sie halfen sich gegenseitig aus dem triefenden Raumanzug und wieder hinein; Caumont testete die Innenversorgung und ließ sich das schwere Druckluftgerät auf die Schultern hieven. Die gekrümmte Helmvisier war dank des kochenden

Wassers wieder klar geworden und innen nur leicht beschlagen. Zakr trat auf Insekten, die sich noch schwach bewegten und sagte erschöpft:

»Wie gestern nacht, Ty: Sie sammeln sich an den Lichtern. Aber sie sind überall, auch bei den Häusern der Siedlung. Myriaden von diesem verfluchten Insektenzeug.«

»Ich tu', was ich kann. Die Hilfsschiffe sollten nach der Morgendämmerung landen. Das war unser letzter Kanister.«

»Viel Erfolg, Chef.«

»Danke. Kann ich brauchen.«

Die Siedlung hatte sieben Raumanzüge und fünf Flammenwerfer, die vor Jahren für ein Bodenfeuer zwischen den Wurzeln von Baumriesen angeschafft worden waren, dazu zwei Dutzend Dampfstrahler; Woodlark hatte das Abbrennen durch den Einsatz von Vielfraßen verhindert. Ty Caumont hob die Hand und schlurfte auf die Tür zu, wartete, bis sie sich hinter ihm geschlossen hatte. Er drückte den Öffner für die Außenpforte. Als der Spalt zwanzig Zentimeter breit war, wirbelten und fluteten Insekten in den schwach beleuchteten Raum. Caumont betätigte den Auslöser und war sekundenlang von Flammen und flackerndem Feuer eingehüllt; Tausende versengter Körper rieselten lautlos zu Boden. Er ging rutschend hinaus in die Dunkelheit: die insektenumschwärmten Lampen leuchteten mittelbraun.

Caumonts Ziele waren leicht auszumachen. Er feuerte dosiert den Nebel der leicht brennbaren Kohlenwasserstoffe dorthin ab, wo die Konzentrationen am dichtesten waren; die kreideweißen Zündfunken setzten die Wolke, deren Inhalt sich ausbreitete und verdunstend verdünnte, im jäh aufflammenden Brand: Millionen Insekten starben und fielen auf die dicke Schicht, die überall den Boden bedeckte. Schritt um Schritt kämpfte sich Caumont auf den Eingang des Raumhafentowers zu, der in den obersten Stockwerken des Wohn- und Administrationsturms untergebracht war. Insekten waren durch die Fenster eingeflogen, hatten die Towermannschaft gestochen, und jemand hatte die Sicherung der Schotts ausgelöst. Die Anlagen waren voller Insekten, und niemand kam hinein, um die Sicherung zu desaktivieren.

Ab und zu flammten die Helm- oder der Gürtelscheinwerfer auf. Caumont, der seine Karriere als Fotoreporter auf Terra mit dem Thema Woodlark angefangen und sich dabei in diesen Planeten verliebt hatte, fürchtete sich, während er gegen die Flut sirrender und summender Plagegeister kämpfte, in seinem reduzierten Kosmos: im Inneren des Raumanzuges, der nach kaltem Schweiß und Angst stank. In seinen Ohren summten, stark heruntergedimmt, der Kommunikationslärm und die Geräusche der internen Versorgung. Die Zündungen der Brennstoffwolke und die aufflammenden Explosionen waren wie ferner Donner. Die kugelige Sichtscheibe war verklebt und gelblich verkleistert; der Gestank mußte sinnverwirrend sein. Hin und wieder wischte Ty mit dem Unterarm über das Visier; danach machten die Hochdruckdüsen das Sichtfeld wieder einigermaßen frei.

Im Zickzack wanderte er über vertraute Wege, vernichtete Zehntausende daumengroßer Lebewesen, sah Männer in Raumanzügen, die das gleiche versuchten, und erreichte, als sein Brennstoffvorrat erschöpft war, die Eingangshalle des Turms. Säulen, Wände, Scheiben und Handgriffe waren verklebt von Insekten mit verschmorten Flügeln und versengten Körpern, unter den Stiefeln knirschten zermalmte Chitinschalen. Er stieß die Glastür auf, drehte sich herum und tötete mit vier kurzen Feuerstößen die eingedrungenen Insekten, kontrollierte die Füllanzeige und löste vor dem Lift die Schnallen der Gurte.

Der Lift war frei von zertrampelten Fliegen, Mücken, Hornissen oder Wespen. Ty fuhr bis ins oberste Geschoß, wankte in die Zentrale und ließ sich aus dem Anzug helfen. Sein halblanges braunes Haar klebte am Schädel, Schweiß biß in den Augen.

»Haben sich die Schiffe schon gemeldet?« fragte er, als das Helmvisier sich hob.

»Nein, Chef. Keine Meldung.«

Er ließ den Anzug achtlos zu Boden fallen, zog die Tür

hinter sich zu und setzte sich. Seine Finger zitterten; er stank nach Raumanzug und eigenem Schweiß. Eine junge Frau brachte ihm einen Plastikbecher voll Kaffee und fragte:

»Wie lange halten wir noch durch, Caumont?«

»Tagelang, wenn's sein muß.« Er verbrannte sich die Lippen mit der heißen Flüssigkeit. »Wir überleben, wenn niemand hinausgeht. Inzwischen sind alle Ritzen abgedichtet. Wenn sie nicht dicht waren, sind die Leute dahinter gestochen worden.«

Caumonts Gedanken wirbelten sekundenlang um Pamela Nardini, seine Lebensgefährtin, die Reginald Bull auf Terra beim Wiederaufbau half. »Und bevor ich nicht mit Woodlark kommunizieren kann, werden wir nicht erfahren, was wirklich vorgefallen ist. Bis die USO-Schiffe oder die der Raumflotte landen, bleiben wir die Belagerten. Klar?«

»Wie sieht es in anderen Teilen Woodlarks aus, Ty? Was meinst du? Überall solche Insektenschwärme?«

»Ich habe nicht die entfernteste Ahnung. Ich weiß nur, daß die ausgewogene Natur auf keinen Fall eine solch groteske Vermehrung von Lebewesen gestattet hätte. Ich hab' mich für Insekten nie sonderlich interessiert – aber weder jemals solch große Mücken noch halb faustgroße Hornissen gesehen. Woher das Viehzeug kommt? Von außerhalb? Keine Ahnung.«

Obwohl Antennenstäbe, Hohlspiegel und Empfangsanlagen von einer vier Finger dicken Schicht durcheinanderwuselnder Insekten bedeckt waren, arbeiteten die Anlagen ohne feststellbares Fading, das zeigte ein Blick auf die Versorgungskontrollen. Seit dem ersten Angriff rätselte Ty Caumont; er war zu keiner Erkenntnis gekommen, keinem besonders geistvollen Einfall, der James-B.-Helix-Roveda würdig wäre: zum zweitenmal in seinem Leben war er bereit, zu resignieren. Wo waren Rhodans Schiffe? Er starrte den Becher und seine Finger an, als wären es Fremdkörper.

»Ich weiß es nicht«, murmelte er. »Ich weiß nichts. Überhaupt nichts. Wir müssen warten und – durchhalten.«

Acht Stunden nach Sonnenaufgang landeten dröhnend und tosend zwei Schiffe: die IMPERATOR III und die PSARANTONIS. Beiboote und Roboter schwärmten aus den Luken, breitestgefächerte Geschützstrahlen vernichteten Myriaden Insekten. Hunderte Gestalten in Raumanzügen kamen aus den Polschleusen und schritten in alle Richtungen.

Kalyan Zakr weckte Caumont, der in einem Nebenraum der Zentrale in einem aufgeklappten Sessel wie ohnmächtig geschlafen hatte.

»Die Retter, Ty! Megatechnik gegen die Plage. Sieh zu, wie sie unter den Quälgeistern aufräumen.«

»Hä? Wie? Wer ist ... ich verstehe.«

Die obersten vier Stockwerke des weißen Gebäudes waren rundumverglast. Ein halbes Dutzend Woodlark-Bewohner verließen ihre Plätze und sahen zu, wie unzählige Roboter und Gestalten in Raumanzügen ausschwärmten, halb schemenhaft sichtbar in der riesigen Wolke grauen Pulvers, das wie schwerer Schnee oder Asche in unbewegter Luft herabrieselte und das Sonnenlicht verdunkelte. Es regnete zuckende Insekten, ab und zu sanken große, schwarze Vögel zwischen ihnen zu Boden. Schweigend und gebannt starrte Caumont durchs Glas; es war nur noch eine Frage der Zeit, bis rund um Port Kosmarikos kein Insekt mehr lebte. Tragbare Geräte bauten Prallfelder auf, Vibratorgeschütze erschütterten die Luft, Beiboote orgelten über Port Kosmarikos hinweg. Shifts schwebten aus den Luken und näherten sich dem Rand des Raumhafens. Ununterbrochen dröhnte der Lärm zahlloser Desintegratoren; binnen weniger Minuten hatte sich die gesamte Szene verändert.

Er glaubte sich plötzlich in der Hölle eines Alptraums gefangen und traute seinen Augen nicht. Erschreckte Ausrufe neben ihm sagten ihm, daß er keine Sinnestäuschungen hatte. Aus den Morgenwolken fielen kleine Dinge in schreienden Farben: Würfel unterschiedlicher Größe, Halbkugeln und Kugeln, Stäbe, Zylinderchen oder Prismen; sie sahen aus wie zentimeterkleines Kinderspielzeug in einem Dutzend Farben und Größen. Sie schwebten umher, bildeten Wirbel und schleierartige Strukturen, mischten sich zwischen die sterbenden Insekten, prallten gegeneinander, verbanden sich miteinander oder prallten voneinander ab, leuchteten und strahlten, während sie gegen schimmernde Schutzschirme stießen, im gelben Mittagslicht von Claysons Star. Die Fremdkörper funkelten, drehten sich und bildeten, als wären sie magnetisch gepolt, verwirrende, eckige und kantige Strukturen.

Während Insekten als Asche aus der Luft rieselten, verbanden sich die schwebenden Objekte, bildeten Halbkreise und näherten sich, als würden sie magisch angezogen, den Robotern und Shifts. Zwischen den Strukturen blitzte es, Geschosse schienen durch die Luft zu schwirren, und in schweigendem Entsetzen sahen Caumont und seine Freunde, wie einige Retter stolperten, stürzten und liegenblieben.

Sämtliche Vorgänge liefen fast lautlos ab. Der kalte Schrecken bohrte sich in die Herzen der Wartenden. Raumfahrer feuerten aus Hochenergiewaffen auf die farbigen Gebilde; sie stürzten brennend und mit schwarzem Rauch ab. Immer mehr – etwa Hunderte jener bunten Dinge ketteten sich aneinander zu Schlangen oder Drachen mit spitzen Köpfen, schwirrten hin und her und schienen zielgerichtetes Eigenleben zu entwickeln. Sie drangen durch IV-Schirme und griffen die Helfer an. Undeutlich in der Tageshelle waren haardünne Energiestrahlen und kleine, dunkelblaue Schirmfelder zu sehen, dazu umherwirbelnde Mechanismen, die in Anzüge einschlugen, die Sichtscheiben der Shifts und Raumhelme zerschmetterten und die Helfer töteten; Fontänen aus Bluttropfen schossen aus den zerfetzten Raumhelmen. Ein mächtiger Schutzschirm spannte sich über die zentralen Hochbauten von Port Kosmarikos; innerhalb und außerhalb tobte der seltsame Kampf. Es schien den zusammengegliederten Chips zu gelingen, Schutzschirme zu durchstoßen; die Geschütze der kreisenden Korvetten verwandelten die Fremdkörper ebenso wie die Insekten in grauen Staub. In anderen Schirmfeldern verglühten die Chips in unzähligen sonnenhellen Detonationen.

Ein neuer Ascheregen ging nieder. Ty Caumont schien es,

als würde für jede tote Stechmücke und jede Hornisse eine Kugel, ein Würfel, ein anderes geometrisches Element erscheinen und präzise, im Verbund mit Hunderten anderer Elemente, die Ersatztruppen attackieren. Im Tower herrschten Schweigen und lähmendes Entsetzen.

»Das hat nichts mehr mit Woodlark zu tun«, stammelte Caumont. »Sie wollen uns und die Helfer vernichten.«

Caumont wußte nicht, was schlimmer war: der Umstand, zur völligen Passivität verurteilt zu sein oder zusehen zu müssen, wie die Helfer starben. Die Leute von Woodlark begannen zu begreifen, daß die Insektenmassen besiegt waren. In unregelmäßigen Abständen flammte orangerotes Feuer von Robotergruppen und Raumlandesoldaten zwischen den herabrieselnden Winzlingen auf und sprengte Verbände der Elemente auseinander, aber meist schienen sie sehen oder orten zu können und – sie griffen Schiffe, Korvetten, Roboter und Shifts an. Ohnmächtig vor Wut fluchte Caumont; erst gegen Mittag schien der Kampf vorbei zu sein.

Es gab keine Mörderinsekten mehr. Die Schiffsgeschütze hatten die Luft gereinigt. Bewegungslose Körper in zerfetzten Raumanzügen lagen im Sichtbereich des Towers. Die ersten Bewohner wagten sich ins Freie. Jede Handbreit des Bodens, sämtliche Wege, ein Teil der Mauern und Terrassen waren von einer Schicht toter und verbrannter Insekten bedeckt. Roboter kämpften einzelne Häuser der Helix-Roveda-Siedlung frei und versiegelten sie unter Schutzschirmen. Scheiben und Fassaden, Beleuchtungskörper und Gewächse trugen die Spuren der Flammenwerfer; eine Kruste aus Asche, verbrannten Insekten und verkohltem Blattwerk.

An einigen Stellen spannten sich kuppelförmige Schutzschirme aus tragbaren Schiffsgeräten. Luken glitten auf. Als Caumont mit seinem Team die verschmierten Glastüren des Eingangsbauwerks aufstemmte, summten Medorobots und Antigravtragen aus den Schiffen. Die Stille war beängstigend. Ty kniete neben einer reglosen Gestalt im blutigen Raumanzug nieder und kippte den dunklen Teil des Visiers hoch; er starrte in das Gesicht einer jungen Frau. Als er auf das kleinere Schiff zuging, schoben seine Stiefelspitzen die verschmolzenen Reste der seltsamen Kunststoffteilchen auseinander. Er bückte sich und versuchte zu erkennen, welches technische Innenleben diese farbigen Elemente erfüllt hatte. Als er hochblickte, sah er in das Gesicht eines braunhäutigen Ertrusers.

»Kommandant Dovu Calinga. USO-Spezialist.« Sie tauschten einen Händedruck. »Wir konnten nicht schneller eingreifen. Ich hab' zugesehen, wie Kameraden getötet wurden.«

»Wir auch. Diese Plastikdinger … wer hat das mörderische Zeug eingesetzt? Wer will Port Kosmarikos ausrotten?«

»Eine längere Geschichte, Caumont.« Sie sahen zu, wie Roboter und Raumfahrer die Leichen bargen und in die Schiffe brachten. Irgendwo klirrte Glas. Planetarier verließen die Verstecke und betrachteten kopfschüttelnd und fassungslos die Verwüstung und den Schmutz. Irgendwo fauchten Dampfstrahler. »Das ist der zweite Angriff der Insekten. Wir nennen sie Stigmaviren-Insekten. Sind Ihre Leute gestochen worden?«

»Ja. Eine Handvoll.«

»Sie werden qualvoll sterben müssen«, sagte Calinga. »Kommen Sie ins Schiff. Wir werden die Hilfsaktion durchsprechen. Zum erstenmal haben wir dieses Teufelszeug erlebt. Wir waren unvorbereitet auf die schwebenden Elemente. Hat Ihre Station etwas geortet? Ein Schiff, das die Teile abgeworfen hat?«

Caumont schüttelte den Kopf und zählte die toten Raumfahrer. Immer mehr Kosmarikaner kamen ins Freie und fingen zögernd an, die Reste der Insekten mit Druckschläuchen und Besen zu beseitigen.

»Nein. Kann sein, daß wir mitten in den Angriffen eine Ortung übersehen haben. Wahrscheinlich ist der Impuls gespeichert; läßt sich rekonstruieren.«

Bis Caumont und Calinga in der IMPERATOR-Zentrale saßen, hatte Caumont alles über die Stigmaviren und den Insektenüberfall von Krokoth erfahren, über die Untersuchungen und Analysen und die Art, in der sich die genmanipulierten Viren binnen bestimmter Zeit zusammenfanden und ihre Wirkung entwickelten. Calinga schickte Schiffsärzte zu den infizierten Kosmarikanern.

»Ich habe Ihnen berichtet, wie sich die Körper binnen weniger Stunden durch rasend schnelle Zellvermehrung verändern. Die Mediziner werden die Opfer, damit sie nicht leiden, bis zum Tod in tiefer Bewußtlosigkeit halten.« Der Ertruser hob die Schultern und lauschte minutenlang dem Funkverkehr. »Quinto-Center ist von Ihren telepathischen Mooffs alarmiert worden. Halb Tahun forscht nach einem Gegenmittel oder einem Serum für Schutzimpfungen. Bisher noch nichts. Auch Mimas ist hilflos.«

»Ich danke Ihnen, Spezialist Calinga.« Ty Caumont deutete auf die Monitoren. »Ich werde mit Woodlark sprechen, beziehungsweise mich ihrer Kommunikation überlassen. Vielleicht erfahre ich ein wenig mehr.«

»Sie müssen mir das nachher erklären. Ich kenne nur Senoclypte auf Bigwood, und natürlich die Mooffs. Wir bleiben, bis Sie sicher sind. Es landen noch zwei Hilfsschiffe.«

»Ich warte auf einen Sammeltransport neuer Siedler. Etwa fünfzehnhundert Leute«, sagte Caumont leise. »Sie landen mitten im Chaos.« Er gähnte, rieb sich die Augen und deutete einen Gruß an. »Ich bin hundemüde. Zuerst das Woodlark-Gespräch, und dann brauch ich zwölf Stunden Schlaf. Sieht so aus, als kämen Sie ohne mich zurecht.«

»Verlassen Sie sich darauf, Bürgermeister.«

»Ich mag alles mögliche für Woodlark und Port Kosmarikos sein – aber Bürgermeister sicher nicht.« Caumont fühlte sich wie zerschlagen. »Und Optimismus kann ich in dieser Lage nur zögernd entwickeln.«

»Der SolAb, der Solaren Flotte und der USO geht's schlimmer als Ihnen.« Der etwa sechzigjährige Spezialist legte Caumont die Hand auf die Schultern. »Krokoth war der erste Versuch. Port Kosmarikos der zweite; hier wurden die Retter angegriffen und getötet. Jetzt fürchten wir den dritten, wirklich großen Überfall!«

»Sie glauben, daß die Insekten, die sich vermehren, bis zur tödlichen F-Generation, bereits auf dieser unbekannten Welt ausgesetzt sind?«

»Davon sind wir so gut wie überzeugt.« Dovu Calinga nickte. »Es wird keine unbekannte Welt sein. Vielleicht ist es sogar Terra.«

Am blumenüberwucherten Grabhügel von Karli Kosmarikos, abseits der Straße zwischen den Wurzeln einer blauen Panzerzeder, blieb Caumont stehen und senkte den Kopf. Hier war die Schicht toter und sterbender Insekten weitaus dünner; ein paar Vögel raschelten im Gras und verschlangen widerwillig, wie es schien, zuckende Mücken. Woodlark hatte vor einem Jahr zwischen dem Rand des dampfenden Urwaldes und den Viehweiden einige Dutzend Bäume absterben lassen, um Ackerland für zukünftige Siedler zu schaffen. Viele Rinder waren tot, die anderen geflüchtet, wahrscheinlich von Mücken zerstochen; Caumont zählte mehr als zwei Dutzend aufgedunsene Kadaver. Je mehr er sich den seltsam geformten Felsen näherte, desto dichter wurde das Grün, dest weniger waren Gras, Büsche und Bäume angegriffen. Er schluckte: Die Insekten schienen gewußt zu haben, wo sie angreifen mußten.

»Ich fürchte, auch Woodlark wird keine Geheimnisse aufklären können«, seufzte er. »Trotz ihrer Kapazität.«

Am Sumpf vorbei ging Caumont zur Sandfläche, streifte die Ranken zur Seite und registrierte ebenso verwundert wie erleichtert, daß es hier statt sirrender Mücken nur dunkelblaue Schlangen, kleine Libellen mit schillernden Flügeln und wohltuend natürliche Geräusche gab. Er setzte sich in die Mitte des bogenförmigen Felsens aufs langfaserige Moos und spürte, wie zuckende Ranken ihre Dornen sacht in seine Haut bohrten. Der lähmende Schrecken der ersten Kommunikation vor zwölf Jahren war längst vergessen; Ty schloß die Augen, lehnte sich gegen den kühlen Stein und fühlte, bevor er die Besinnung verlor, daß Woodlark augenblicklich mit der Kommunikation begann.

Woodlark grüßt dich, Ty Caumont. Furchtbares hat sich zugetragen, und ich habe es nicht verhindern können.

Du hast gesehen und gespürt, daß deine Vogelschwärme von den Fluginsekten ebenso getötet worden sind wie meine Leute. Raumfahrer haben uns geholfen. Was weißt du über den Angriff und was über den zweiten, mit den fremdartigen Elementen aus den Wolken?

Erst als Vögel und Insektenfresser gestochen wurden und mit der Menge der Mücken und Fliegen nicht mehr fertig wurden, konnte ich sehen, daß sie sich rund um die Siedlung derartig stark vermehrt hatten. Als große Vögel an ihren Stichen starben, spürte ich die Gefahr. Die Gruppen der knopfäugigen Mooff-Quallen klärten unsere Mooffs über die Gefahr auf; sie sprachen mit mir. Dann begann ich mich zu wehren.

Da war es schon zu spät. Meine Leute verbarrikadierten sich und versuchten, die Insekten zu bekämpfen.

Ich hab' es gesehen. Auch eines meiner großen Wesen starb, ehe es flüchten konnte. Wie eure Rinder auf den Weiden.

Haben deine Mikroorganismen die Art des Giftes erkannt? Mir wurde gesagt, daß die Zellen der gestochenen Menschen sich rasend schnell vermehren, daß sich die Körper aufblähen und die Menschen in gräßlichen Qualen sterben. Es dauert ein paar Stunden. Der Erreger wird von uns Stigmavirus genannt.

Ich glaube, daß mein Gemeinschaftsorganismus die Winzigkeiten analysieren kann. Es wird viel Zeit brauchen. Ich habe mich mit den Mooffs verständigt. Sie wissen, daß der Oberste Terraner und der weißhaarige Arkonide nach den Viren forschen.

Das sagten die Raumfahrer auch. Kann es sein, daß diese Viren vor sehr langer Zeit gezüchtet wurden? In der Zeit deiner … Entstehung?

Nicht alle jener Dinge, auf die wir heute stoßen, kommen aus der Vergangenheit. Aber die Wurzeln reichen tief und weit. Jedes Virus, das heute tötet, gab es schon im Bauplan der Evolution. Vielleicht vor Jahrhunderten oder Jahrtausenden: nichts ist wirklich neu in der Milchstraße.

Ich habe dir von den vielen Sternvölkern erzählt … Kann es sein, daß Aras die Viren gezüchtet haben?

Die Aras ebenso gut wie Tefroder oder Antis. Auch ihr Terraner habt, wie du sagst, viel Erfahrung.

Spürst du noch mehr Insekten, oder giftige Wurzeln, Giftgras, andere Gefahren für dich und uns?

Nein. Die Insekten sterben, denn ihr Lebenszyklus ist abgelaufen. Wahrscheinlich ist auch das Virengift nicht mehr wirksam. Laß es überprüfen.

Das hat Atlan längst auf dem anderen Planeten veranlaßt.

Du fürchtest auf einer anderen Welt einen ebensolchen Überfall?

Die Obersten Terraner und die Organisation der Vereinigten Sterne mit dem Arkoniden Atlan an der Spitze, denken, daß die Züchter der Viren und die Hersteller der kleinen bunten Dinge einen dicht besiedelten Planeten überfallen und dort Milliarden Lebewesen töten.

Die Rinder und der Helix-Tiger sind nicht durch Viren, sondern durch viele Tausende Stiche gestorben.

Habe ich geahnt, Woodlark. Kannst du uns helfen?

Ich werde genügend Regen und starken Wind nach Port Kosmarikos lenken.

Ty Caumont glitt aus der Bewußtlosigkeit in tiefen Schlaf. Fünf Stunden später erwachte er und ging nach Port Kosmarikos und zum Raumhafen, um seinen Leuten und den Raumfahrern zu sagen, was er erfahren hatte. Die IMPERATOR war gestartet. Nachts regnete und stürmte es stundenlang; heftige Böen wehten an den meisten Stellen der Häuser und gepflasterten Wegen den Schmutz und die verklebten Insekten in die Winkel und von dort zu Boden.

4.

Der Musikalienhändler Yenavain blieb vor einem Verkaufsbehälter stehen und wünschte allen Ladendieben, sonstigen Langfingern und besonders den flinken Stehlern der lepsotischen Diebesinnung juckende und nässende Krankheiten an den Hals und unzugängliche Körperteile. Leise und erbittert sagte er: »Sie gehören alle schwer gezüchtigt. Wozu haben wir unseren famosen Sozialen Wohlfahrtsdienst?«

»Ist das nicht ein Vorurteil, Chef?« fragte die Verkäuferin. »Gerade die beste Musik wird am hingebungsvollsten gestohlen.«

»Vorurteile sind Orientierungshilfen!« Girmil hob den Zeigefinger. »Überdies dienen sie der Überlegenheit, weil sie bestätigen, daß ich besser bin als ein Dieb!«

»Mag sein. Trotzdem stahl hier ein Musikkenner.«

Eine Stunde nach Eröffnung waren noch keine Kunden im Verkaufsraum. Der Alarm schien wieder einmal versagt zu haben. Yenavain und die blauhaarige junge Frau sahen zum Eingang, als die Glasscheiben auseinanderglitten. Ein kahlköpfiges Mädchen, nicht älter als sieben Jahre, ging kichernd auf den Musikalienhändler zu, hielt ihm die Faust entgegen und öffnete sie. Auf der Handfläche lag ein Musikchip in der Originalverpackung von GYM-Shop; das grelle Label funkelte.

»Hat mir ein Kerl gegeben. Drüben an der Ecke. Sind Sie der Chef? Er hat gesagt, er sucht Volksmusik. Aber nicht solche.«

»Ein Kenner vokaler und instrumentaler Klassik«, murmelte Yenavain und nahm mit spitzen Fingern den etwa zwölf Kubikzentimeter großen Chip auf. »Es war wohl die falsche Wahl. Gib der Kleinen einen Solar ...«

Yenavains Fingerspitzen ertasteten an der dem Etikett abgewandten Seite einen zweiten Chip; er kannte den Typ: ein Baustein für Einmalverwendung. Er zog ihn ab und schob ihn in die Brusttasche des Lederhemdes.

»Gib der Kleinen zwei Solar, Nosaji«, sagte er. »Sie soll erfahren, daß sich selbst und gerade auf Lepso einfache, natürliche Ehrlichkeit auszahlt.«

Yenavain sah zu, wie die kleine Dunkelhäutige die Münzen einsteckte, auf einem Bein durch einen Teil des Geschäfts hüpfte und vor einem Display stehenblieb, das billige Chips und ebensolche Recorder mit Bildern in schreienden Farben anpries; er machte einige Schritte und handelte ohne zu überlegen. Er schenkte dem Mädchen eine Handvoll Chips und ein Abspielgerät. Die Kleine strahlte, steckte alles ein und stolperte hinaus. Nosaji starrte Yenavain an, als sei er ein weißer Maahk. Yenavain grinste zurück und sagte:

»Kommt nicht wieder vor. Du solltest kein falsches Bild von mir bekommen.« Er sah der Kleinen nach, die zwischen Passanten und Gleitern über die Piste rannte, ohne sich umzusehen. »Ich seh' mittags nach der Kasse. Wenig los heute, wie?«

»Schon gut, Chef. Wenig Umsatz, wenig Diebereien.«

Girmil Yenavain wußte, daß sein Ladengeschäft in Ordnung war, ging fünf Häuser weiter, sprach mit ein paar Nachbarn und stieg in die Antigravröhre an der Hauswand. Er wartete, bis sich die Schutzplatte geschlossen hatte und drückte den Kontakt. In seiner Wohnung schloß er den Chip an, schob den Kopfhörer über die Ohren und stellte die Wiedergabe auf Maximum. Eine unbekannte Stimme sagte langsam und deutlich:

»Im Colosseum, im Laden *Alle Artikel Absonderlicher Abartigkeiten* bietet Cyram Morsh Stigmaviren für eine Milliarde und mehr an. Stichwort Vendetta Dreiundvierzig. Ende.«

Zwischen den Kontakten des Wiedergabegerätes stieg dünner Rauch auf. Girmil streifte den Bügel des Kopfhörers ab, verbrannte den Chip sicherheitshalber im Aschenbecher und kratzte sich ausgiebig im Nacken.

»Wie mein kunstfertiger Freund Cossel meinte: Es besteht Handlungsbedarf.«

Lepso, dachte er, während er Macishkas Interkomnummer tippte, *ist letzten Endes eine berechenbare Größe. Zugegeben: äußerst schwer berechenbar, mit vielen Unbekannten. Aber früher oder später trifft man hier alles und jeden.* Die Meldung im Einmalchip stammte, er war fast sicher, von Mitgliedern der Diebesinnung oder gar von Joork von Gaffnar selbst. Fünfzehnmal summte der Rufton, dann blinzelte Macishka gähnend vom Bildschirm. Girmil hob die Hand.

»Ich warte auf eine Sendung, die deine Freundin für mich abholen sollte. Musikbänder zum Konfektionieren und Holoaufnahmen von Badrannar. Ein Geschenk für Marlaroyce von Ariga. Aus dem Planetaren Studio Cymbele ...«

»... von Ghirmo-Zharpaino. Du hast uns in lustvollen Tätigkeiten gestört. Maonee ist da; hol das Zeug. Ein kaltes Bier kriegst du vielleicht, wenn du keine losen Reden führst.«

»Es ist nur, weil das Geschäft ein wenig schleppend ist«, sagte Girmil. »Bis gleich, Puppenmacher.«

In Cossels abhörsicherer Werkstatt gab Girmil flüsternd, das Bierglas in der Hand, die Information weiter. Macishka hörte schweigend zu; sein Gesicht schien zu versteinern. Er nickte und sagte schließlich:

»Das ist ein paar Nummern zu groß für dich und mich. In vierundzwanzig Stunden weiß es der Alte. Er entscheidet, was unternommen wird.«

Die Hyperinpotronik brauchte nur einen Sekundenbruchteil, um den Kode zu entschlüsseln. Ich atmete tief aus und hörte, wie der Extrasinn sagte: *Deine Entscheidung, Arkonide, die Diebesinnung zu bestechen, zahlt sich nach vielen Monaten aus. Vendetta Dreiundvierzig! Du kannst den ersten Schritt tun, um deine Feinde zu besiegen. Finde auf Lepso den Verkäufer der Stigmaviren!*

Ich lehnte mich zurück, schüttelte den Kopf und sah auf die Uhr. Ich streckte den rechten Arm aus und tippte auf ein dunkelrotes Kontaktfeld. Einige Minuten später wechselte ein Monitor die Farbe; Ronald Tekener, unrasiert und verschlafen, starrte mich mit hellwachen Augen an.

»Sie beschweren sich, Ronald, zu Recht über trockene und trübselige Büroarbeit. Nun hätte ich eine Abwechslung, eine Belohnung dafür, daß Sie mich hier erfolgreich vertreten.«

Er gähnte hinter vorgehaltener Hand und nickte. »Ja?«

»Ein Einsatz, Smiler, für Sie. Sie sind der Schurke vom Dienst. Auf dem Dispositionskonto bei der First Creditory Galactionais in Orbana liegen ein paar Milliarden Solar; zu achtdreiviertel Prozent. Sie fliegen los und kaufen in Orbana eine Ladung Stigmaviren.«

»Ich bin sicher, Sie scherzen nicht, Sir.«

»Es war mir noch nie so ernst. Besprechung in drei Stunden. Sie nehmen eine Handvoll Siganesen mit, ja? Terry Demolution und sein Team. Ich glaube, wir haben die Spur zu den Kreaturen, Ronald.«

»Das sollte nicht nur mich freuen. In hundertachtzig Minuten, Lordadmiral!«

Ich trennte die Verbindung. Es war noch zu früh für den kleinsten Triumph. Der Überfall der Buccaneers hatte mir zu denken gegeben. Ich machte auch nicht den Fehler, Ehret Jammun, den Chef des lepsoischen Geheimdienstes, dem ›Sozialen Wohlfahrtsdienst‹, zu unterschätzen. Auch für Tekener war ein Einsatz riskant, aber er kannte Orbana und Lepso besser als ich. Während ich weitere Informationen abrief und meine Anordnungen an jene Abteilungen weitergab, die Einsätze planten, zermarterte ich mein Hirn, um für den Smiler die richtige Maske, eine überzeugende Rolle und ein Höchstmaß an Sicherheit zu konstruieren. Während ich ins Mikrophon sprach und Informationsströme dirigierte, überflog ich, synchron mit anderen Abteilungen, einkommende Meldungen:

15. Sept. 2442: DRINGEND! Zwischenbescheid von Tahun/Zentrale Xenobiologische Fakultät. Direkt für L. A. Atlan. SILVERDAGGER-Proben, Rettungsteam Woodlark/Claysons Stern, Untersuchung der Chip-Elemente. Spezialist Dovu Calinga meldet: »*Hilfseinsatz um Port Kosmarikos und um die Ringsiedlung James-B.-Helix-Roveda ist abgeschlossen worden. Fünf weibliche und männliche Einsatzkräfte der Flotte sind von den kombinierten Plastikelementen getötet worden. Neun Opfer sind unter Caumonts Stammteam zu beklagen. Sie starben an infizierenden Insektenstichen und darauffolgendem Stigmaviren-Hyperwachstum. Schäden an Fauna und Flora nur in diesem Gebiet; unmittelbare Schäden sind mit herkömmlichen Mitteln und Roboterhilfe innerhalb kurzer Zeit zu beseitigen. Sämtliche Einsatzschiffe starten, nachdem den gelandeten Neusiedlern geholfen wurde. Die Feststellungen des SILVERDAGGER-Teams auf Krokoth,*

Navander, scheinen zu stimmen: Zugleich mit dem Tod der letzten Insektengeneration verlieren die Stigmaviren ihre ansteckende Wirkung.«

20. Sept. 2442: Abschlußmeldung von Maditloos: »*Burgen Granval-Irw und Abdaller Shang-Strz haben den Angriff der Buccaneerschiffe COSMOSHARK (= ..OSMOSE ... K), EL DRAQUON und NUESTRA TIERRA im August mit wenigen Teilzerstörungen überstanden. Technische Infrastrukturen sind wieder instandgesetzt.«*

21. Sept. 2442: Zwischenbericht von Kommandant Jeanot Halveron/Einheit USO-HERBIG-HARO. Standort: Triangel-Sonnen: »*Seit dreizehn Monaten werden von sämtlichen USO-Schiffen, die im Raumbezirk zwischen den Sonnen Jheratel, Kerrins Stern und Bhajan verkehren oder nach Buccaneers fahnden, astronomische Messungen und alle Arten systematischer Ortungen durchgeführt. Die HERBIG-HARO koordiniert diese Einzelbeträge. So war es möglich, durchaus zufriedenstellende Datensammlungen und Analysen der drei Planetensysteme und deren kosmischer Umgebung herzustellen. Unabhängig davon lief die Suche nach der Ursache der regellosen Hyperenergieausfälle. Bisher dauerte die längste Unterbrechung elf Tage und knapp drei Stunden, die kürzeste 17 Minuten. Unser Schiff ist gegen solche Widrigkeiten mit herkömmlichen Mini-Nuklearreaktoren ausgerüstet; andere raumfliegende Einheiten sprechen von schwer erträglichen Zuständen an Bord.*
Als die HERBIG-HARO den Mittelpunkt des Dreiecks zwischen den solaren Standorten erreichte, erfaßte die Fernortung ein mondgroßes Planetesimal; beim Näherkommen bestätigte sich die Annahme. Im sonnen- und lichtleeren Raum, vor den lichtabsorbenden Dunkelwolken, die eine Hemisphäre des stellaren Umfeldes ausfüllen, schwebt ohne feststellbare Eigendrehung ein exakt kugelförmiger Mond von 70 864 Metern Durchmesser. Beobachtungen im Licht von Bordscheinwerfern ergaben, daß die staublose, von wenigen Kratern zernarbte Oberfläche in ein Netzwerk großer Sechsecke eingeteilt ist; diese Struktur enthüllt sich nur bei bestimmtem

Beleuchtungswinkel, sozusagen als Buckminster-Ball. Nachdem diese Meldung ans Hauptquartier abgesetzt wurde, beginnen die Teams der HERBIG-HARO mit der näheren Untersuchung. Wir sind fast einstimmig der Auffassung, eine Lemurer-Hinterlassenschaft zu umkreisen und suchen nach der Möglichkeit, risikolos das Innere des Mondes betreten zu können.«

Langsam, als müsse er gegen eine schmerzhafte Lähmung ankämpfen, hob Dargun Marwe, der greise Barnither, den Kopf. Aus müden Augen zwischen hängenden Lidern starrte er den hochgewachsenen, hinkenden Terraner an; den leeren Käfig unter der rechten Schulter sah er im stockfleckigen Spiegel gegenüber dem Hoteleingang.

»Sie haben ein vernünftiges Zimmer für mich?« Der Terraner hob das Namensschild auf der klebrigen Theke auf. »Für etwa zehn Tage und mäßigen Luxus? Hab's vorbestellt.«

»Vernünftige Vorauszahlung, weil ich nur Ihren Namen, aber nicht Sie kenne, edler Gast.«

»Wieviel?« Der Terraner drehte die Konsole des Rechners und tippte mit drei Fingern Namen und Herkunftshafen ein. Magister Raivis Horneth, Gigantoosa Island, Zirkon. Eingecheckt am 3. Okt., 11 Uhr. »Gern gesehener Gast mit wenig problematischen Ansprüchen.«

»Gast eines erstklassigen Hauses. Siebenhundert Solar. Halbpension inklusive.«

»Vierhundert. Vollpension!«

»Fünfhundertneunzig?«

»Vierhundertdreißig.«

»Es wird uns ein beträchtliches Vergnügen sein, Sie für fünfhundert Solar zu verwöhnen, Magister Horneth. Das sonnendurchflutete Penthaus also. Was kann ich für Sie tun? Frauen? Laszive Springerinnen? Anschmiegsame Epsalerinnen? Knaben? Spezielle Kost?«

»Einen starken Kofferträger.« Horneth zählte Banknoten in die offene, mäßig schmutzige Hand des Barnithers. »Was ich darüber hinaus gern hätte, lasse ich Sie ab und an übers Visiphon wissen.«

»Äußerste Zufriedenheit des Gastes ist das Prinzip unseres Hauses.«

»Man sieht's.«

Ronald Tekener benutzte den Gummistopfen seiner Krücke, um den Liftknopf zu drücken, fuhr mit dem Riesenkoffer und einem halbwüchsigen, schwitzenden Tuglaner sieben Stockwerke aufwärts und gab sieben Solar Trinkgeld. Der Gehilfe sah ihn an, als käme er aus Andromeda oder entfernteren galaktischen Orten. Horneth hängte die Garderobe in den Schrank, sah sich hinkend im heruntergewohnten, aber einigermaßen sauberen Wohnraum um, bewegte prüfend Wasserhähne und Massageschalter der Hygienezelle und stellte Empfänger, Abspielgeräte und andere technische Kleinigkeiten auf Beistelltische und den löchrigen Teppich, ehe er mit einigen Verrenkungen das Seitenfach der Tasche öffnete.

Horneth holte behutsam zwei Feuerteufel, winzige Vögel mit vielfarbigem Gefieder und gestutzten Flügeln hervor, setzte die zwitschernden Geschöpfe in den Käfig und befestigte Futternäpfe an deren Rand. Er winkelte den Arm an, blickte auf die Ziffern und Leuchtfelder des Gerätes, nickte zufrieden und setzte sich. Das Möbel ächzte unter seinem Gewicht. Er lehnte die Krücke ans Bett, nachdem er mit ihrer Hilfe die Tastatur des Terminals herumgeschwenkt hatte.

»Endlich wieder auf Lepso, im lieblichen Orbana.«

Die Zeit reichte heute nur für einen ausgedehnten Spaziergang. Die schmalbrüstige Fassade des ›Palace de Bougainvillea‹ gliederte sich zwischen Wohnhäusern und Läden mitten in der Altstadt, in der Uliza Orul, dreihundert Schritt von Cossel Macishkas Laden entfernt. Raivis bediente die uralte, aber sauber geputzte Tastatur, bestellte Getränke und ein Abendessen, projizierte den Stadtplan auf den Monitor und beobachtete scharf die Anzeigen seiner Geräte. Er hörte einige Minuten lang Musik und Durchsagen, dann klopfte er an den Käfigboden.

»Ihr könnt herauskommen, meine Kleinen. Arbeit droht, Terry Demolution!«

Raivis Horneth, Vertreter der Banzopartei des Inselkontinents Miracle-of-Gigantoosa-Island, kurz: GigaIsle, konnte erst nach einiger Zeit sicher sein, daß seine Maske standhielt. Ein zweitesmal überprüfte er jeden Winkel der Räume; er wurde weder abgehört noch beobachtet. Erst dann öffnete er das Fenster zur Uliza Orul, lehnte sich hinaus, beobachtete mit reglosem Gesicht das Treiben in der Gasse, schnupperte den exotischen Gerüchen nach und stellte den Käfig aufs breite Fensterbrett.

»Paßt gut auf, ihr gefiederten Krächzer und Flatterer.«

Protestierendes Zwitschern erklang. Neben dem Futternapf klappte eine Ausstiegsluke im Terkonitstahlboden hoch, dreißig Quadratzentimeter groß. Terrys Kopf erschien. Horneth sagte leise:

»Vielleicht solltet ihr warten, bis es dunkel wird. Noch zwei Stunden. Wir unterhalten uns nachts über das Terrain unserer Mission.«

»Geht in Ordnung, Langer.« Der Siganese kletterte heraus und schaltete das Deflektorfeld ein. Es klopfte an der Tür; Horneth hinkte quer durch den Wohnraum und wartete, bis der Junge, jetzt in fleckiger weißer Kleidung, das überladene Antigravtablett zum Tisch schob, grinsend servierte und vergeblich auf ein Trinkgeld wartete. Horneth brummte:

»Danke. Frühstück bestell' ich über das Terminal.«

Während er aß, überdachte er noch einmal jeden Schritt seines Vorhabens, kontrollierte die völlig unverdächtige Ausrüstung – die Waffe hatte er bei der Zollkontrolle des SWD deponieren müssen –, vergewisserte sich noch einmal über Uhrzeit und Datum des Rückflugs und tastete über die Biomolplastunterspritzungen der pockennarbigen Gesichtshaut. Statt Narben hatte er Falten und eine Banzo-Tätowierung, die in ultraviolettem Licht deutlich hervortrat. Das Essen war einfach, sorgfältig zubereitet und wohlschmeckend; Raivis sagte sich, daß er das stille alte Hotel falsch eingeschätzt hatte.

Er entnahm dem schweren Musikempfänger eine Hochleistungs-Energiezelle, führte sie ins Ende der Krücke ein und öffnete am unteren Teil die Klappe, aus der ein Energieprojektor hervorschnellte, wenn er den Auslöser betätigte. Orca Destany schwirrte aus der Luke des Siganesen-Containers, setzte sich zwischen die Schalter des Musikgerätes und sagte:

»Einer von uns kommt mit, wenn du ins ›Suizidcolosseum‹ gehst. Wir müssen den Schauplatz kennenlernen. Soll ich?«

Horneth nickte, streckte die Hand aus und bog den Mittelfinger nach oben. Orca, achtzehn Zentimeter groß, grünhäutig und mit langem schwarzem Haar, hielt sich am Finger fest und balancierte auf dem Handteller, ehe sie in die Brusttasche des Hemdes kletterte, durch die stählernen Wände einer falschen Zigarettenschachtel geschützt. Vorsichtig klappte Horneth den Deckel halb herunter.

»Abendspaziergang«, brummte er und hob die Serviette vom Boden auf, ehe er zum Lift hinkte, die Kodekarte abgab und, nachdem er ihn geweckt hatte, zu Dargun Marwe sagte:

»Man kann das Geschirr holen, das Bett aufschlagen und das Badewasser wärmen. Laßt den Käfig und die Vögelchen in Ruhe; sie delektieren sich an frischer Luft und dem Nachtleben der Uliza Orul. Danke.«

Die altertümliche Hoteltür aus gelben Holzrahmen und unzähligen kleinen Panzerglassitflächen schwang weit auf, als Horneth die wenigen Stufen hinunterhinkte und nach rechts abbog, in die Richtung von Macishkas Souvenirladen.

Effektvoll durch Punktscheinwerfer in Szene gesetzt hingen, standen und saßen im Schaufenster die preiswerten Marionetten und Puppen, die Macishka hauptsächlich an Touristen verkaufte. Einige Terraner, Arkoniden und Bewohner von Kolonialplaneten, auffällig schon allein durch ihre übertrieben ›weltmännische‹ Kleidung, betrachteten unschlüssig die Exponate im Laden und feilschten mit Verkäuferinnen. Horneth grinste und betrachtete eine Folge einzelner Bauschritte: vom Skelett aus Drähten, Stäben und Gelenkkugeln über modellierte Körperteile bis hin zu nackten und bekleideten Puppen, die sich an fast unsichtbaren Fäden langsam bewegten. Alle Körpermerkmale der unterschiedlichen Sternvölker waren in Perfektion herausgearbeitet, manchmal um eine charakteristische Winzigkeit übertrieben

– Horneth gefiel diese fast zynische Darstellungskunst. Macishka, der die Figurinen zur Massenfertigung vorbereitet hatte, war ein Künstler.

Horneth schlenderte weiter, durch schmale Gassen, in denen sich Einheimische und Besucher drängten, vorbei an kleinen und romantisch verwahrlosten Läden, über Plätze, von mächtigen Ästen uralter Bäume überdacht. Aus dem Geäst hingen Lampen, Käfige voller Wesen, die Horneth von früheren Besuchen wiedererkannte, Messingkannen, Votivbrautkränze und Zunftzeichen mit vergilbten Schleifen und Bändern. Die Lepsoter machten dem Hinkenden Platz, manche Touristen rempelten ihn an, ohne sich zu entschuldigen. Rauch, Dampf und Gerüche wälzten sich durch die krummen Sträßchen; jede denkbare Speise für jedermanns Geschmack wurde angeboten. Horneth nahm Ausstrahlungen, Schwingungen und tausend exotische Bilder in sich auf, ließ sich zu keinem Kauf verleiten und bestieg am Akon-Akon-Skveyre die Untergrundbahn.

Er verließ die Kabine an der Sliabh-Riebhach-Lake-Station, ging am Seeufer entlang, sah Liebespaaren und Lichtfischern zu und zahlte zwanzig Solar Eintritt. Das ›Selbstmordcolosseum‹, in einem ausgedehnten herrlichen Park, eine gewaltige unterplanetarische Scheibe, von Hügeln und Bäumen bedeckt, sog ihn zusammen mit Dutzenden Passanten und Besuchern in das Labyrinth aus Bühnen, Restaurants, Bars, Wandelhallen, Säulenkolonnaden und Nebenräumen ein, deren Menge selbst ihn verwirrte.

Auf einer Empore trank er ein kleines schwarzes Lepsobier. Dröhnende Musik, Gläserklirren, Gelächter und Rufe erfüllten die Halle. Nach einiger Zeit ging Horneth weiter und hielt eine junge Frau auf, auf deren seidiger, hell bronzebrauner Haut Silberflitter glänzten.

»Eine Frage, eine Bitte.« Er stützte sich schwer auf die Krücke. »Wo finde ich Cyram Morsh und seinen Shop?«

»Meinen Sie ›Alle Artikel Absonderlicher Abartigkeiten‹?«

»Das Geschäft wurde mir empfohlen. Helfen Sie mir?«

»Es ist nicht weit. Kommen Sie.«

Sie legte ihre Hand an seinen Oberarm und zog ihn mit sich, eine schlanke Lepsoterin mit großen schwarzen Augen und einer komplizierten Hochfrisur. Eine Rolltreppe brachte sie zwei Ränge weiter abwärts, an den Außenrand des zylindrischen Bauwerks. Horneth sah Besucher aus allen Teilen der Galaxis, in Schutzanzügen oder normaler Kleidung; körperliche Absonderlichkeiten wurden ebenso lässig präsentiert wie gleißender Schmuck, nackte Haut zwischen fahlem Weiß und tiefem, netzbedecktem oder schuppigem Schwarz, teures Rauchwerk, Leder in allen Farben und das polierte oder grellackierte Metall der Robots. Hinter den Säulen des Umganges, der den Grundriß eines Kreisringes hatte, standen unzählige Türen offen. Vorhänge schwangen hin und her, beleuchtete Fenster warfen gefärbtes Licht nach daußen, wo es sich mit dem solarähnlichen Strahlen der Leuchtkörper mischte. Eine Gruppe johlender Oxtorner umringte einen betrunkenen Überschweren, zwei Terraner prügelten sich zwischen den Säulen. Ein Bierhumpen zerschellte auf den irisierenden Fliesen. Gestank und Wohlgerüche wurden von mächtigen Exhaustoren abgesaugt; Horneth erkannte das teure Parfüm seiner Begleiterin und wich einem schwankenden Springerpaar aus.

»Junge Lepsoterinnen, die *Mélancolique sans frontiéres* verwenden, können nicht unfreundlich gegen Fremde sein. Nehmen wir später einen Drink zusammen? Ich bin Raivis Horneth von Zirkon.«

»Dahlenar Rotomyr, Lepso. Heiße Honigmilch wäre gut. Dort vorn, die phosphoreszierende Tür – dahinter hockt Morsh.«

»Honigmilch, sehr wohl.« Horneth strahlte sie an. »Ich brauche nicht lange. Nur ein Blick durch sein Geschäft. Danke, Dahlenar.«

Ein Reinigungsrobot säuberte einen zwei Meter breiten Streifen entlang der Wand. Raivis blieb vor dem Schaufenster stehen, las die Preise für rektifiziertes Hundefett, buntbemalte Falken- und Katzenmumien, metallisierte Schrumpfköpfe und pulverisierte Kolonialwaren in Glasgefäßen mit unleserlichen Beschriftungen. Dazwischen standen verschieden große Kästen, in denen sich Kinder- und Architekten-Bauklötze befanden; auf der Verpackung sah er fantastische Bauwerke, aus diesen Kleinelementen zusammengesetzt und konstruiert. Er nickte seiner Begleiterin zu, betrat den Laden, öffnete die Zigarettenschachtel aus Terkonit und lehnte sich gegen den Verkaufsstand, ein in Massivplastik nachempfundenes trapezförmiges Tor eines Báaloltempels.

Aus dem dämmerigen Hintergrund ertönte Klatschen, langgezogenes Stöhnen, ein grelles Kichern, dann schlurfte ein gebeugter Gurrad ins Licht, mit verfilzter Löwenmähne und grünen, auffallend strahlenden Katzenaugen.

»Ihr seid Händler Cyram Morsh?«

»So nennt man mich seit Jahrzehnten.«

»Ein reicher Kunde läßt fragen, ob Ihr, Abartigkeiten-Handelsmann, auch in den kommenden Nächten hier anzutreffen seid? Der Drang seiner Vendetta hat ihn schon dreiundvierzig schlaflose Nächte gekostet.«

Der humanoide Löwengesichtige aus der Magellanschen Wolke richtete sich auf und strich das Mähnenhaar aus dem Gesicht. Seine Stimme glitt eine Oktave nach unten.

»Hier lebe, wohne, verkaufe und leide ich; er mag mich treffen, wann immer er Zeit und genügend Geld hat.«

»Wegen der delikaten Ware wird er wohl ein wenig verkleidet, aber mit echtem Scheckbuch kommen.«

»Kein Scheck. Bargeld.« Der Gurrad grollte und hob die kurzfingrige Hand. »Oder Metalle. Gewogen und bankgesiegelt.«

»Auch gut. Er schätzt bequemen, schnellen Handel.«

»Cyram Morsh hingegen lebt von sicherem Handel.«

»Kann ich verstehen.« Als Horneth sich umdrehte, spürte er eine federleichte Bewegung am Schlüsselbein. Orca Destanyr hatte ihr Versteck verlassen, und bevor er mit der Siganesin Funkverkehr führen mußte, sagte er: »Ich denke, mein Auftraggeber wird morgen kommen. Er ist am Geschäft interessiert, wie ich weiß. Oder er schickt wieder mich!«

»Beide, mit Bargeld, sind gleichermaßen willkommen.«

Horneth verließ das Geschäft, stützte sich ein wenig mehr als notwendig auf Dahlenars Arm und sagte auf der Mitte der Rolltreppe:

»Wir sollten unseren Milchtrunk in einer Umgebung einnehmen, der Ihrem fantastischen Aussehen besser entspricht. Dabei erzählen Sie mir etwas über dieses einzigartige Etablissement, ja?«

»Wenn Sie mir von Zirkon vorschwärmen, der Perle der Galaxis.« Sie lachte und zog ihn auf ein System schmalerer Bänder, die nach oben führten. Hinter einer der wenigen Öffnungen des Colosseums, die als Glaskanzeln die Mauern durchbrachen, setzten sie sich in eine luxuriöse, ruhige Bar mit viel Chrom, Leder und poliertem Edelholz. Horneth sah nur arkonidische Kellner. Er setzte sich der Frau gegenüber nahe der Scheibe; unter ihnen erstreckte sich ein Teil des Parks am Seeufer voller indirekt beleuchteter Kunstobjekte. Seine Blicke glitten über Haar, Gesicht, Schultern und Hände der jungen Frau, er hob den Arm und winkte dem Kellner. Er wirkte plötzlich sehr ernsthaft und konzentriert.

»Es ist Ihnen tatsächlich Ernst mit der heißen Milch?«

»Gut für die Stimme. Viel Kalzium. Wenn es Sie tröstet: Da gibt es außer Wildbienenhonig noch andere Zutaten.«

»Ich kenne sie alle.« Horneth hob die Schultern, grinste und bestellte. »Und was tut ein solch bezauberndes Geschöpf an der Seite eines Hinkenden in einer ... Anlage, die sich Selbstmordcolosseum schimpft?«

»Abgesehen vom genußvollen Trinken heißer Milch – ich arbeite hier. Eine Freundin ist hier Schönheitstänzerin. Sehr gute Bezahlung, Raivis. Ich bin in der Buchhaltung. Und wenn ich mich ein wenig langweile, seh ich mich um: Hier drinnen ist es spannender als im Weltall.«

»Und das Vakuum ist deftig ausgefüllt«, sagte Horneth. Die Getränke kamen, er stieß mit Dahlenar an. »Ihr Teil des Vakuums, Dahlenar, könnte man nicht schöner füllen. Auch auf Zirkon ist es bisweilen spannend. In der Tat ein herrlicher Planet, bewohnt von Ureinwohnern und Terranern sowie deren Mischlingen, den Banzos. O herrliche Bucht von Rajpat! Mit ihren Inselchen und den goldenen Stränden ist sie galaktisch berühmt, auch GigaIsle, ein idyllischer Kleinkontinent, ist seit vielen Jahren ein begehrtes, weil sonnensicheres Feri-enziel für Reiche. Die Terraner dominieren die wenigen Ureinwohner und die Mischlinge, die Banzos; allen geht es gut, wer viel arbeiten will, verdient sich krumm und lahm. Auf den Raumhäfen landen Luxusliner voll Urlaubssuchender. Ich vertrete an unwichtiger Stelle eine politische Partei, die sich gegen die Dominanz der Terraner wehrt, gegen die übermächtige General Cosmic Company von Homer Adams. Man erwog sogar, die galaktische Gipfelkonferenz im Jahr 2405 auf Zirkon zu halten. Soll ich Sie nach Zirkon einladen?«

»Darüber ließe sich sprechen. Was sagt Ihr Chef dazu?«

»Meist ist er mit allem zufrieden, was ich vorschlage.«

»Treffen wir uns morgen hier wieder?« Sie sah auf die implantierte Uhr im Daumenrücken. »In knapp einer Stunde muß ich die erste Hälfte der nächtlichen Einnahmen abrechnen.«

»Zur selben Zeit am gleichen Platz.« Horneth lachte. »Vielleicht bringe ich meinen Chef mit. Noch eine Milch?«

»Gern. Wenn Sie etwas früher kommen, zeig ich Ihnen, was nicht jeder im Colosseum sieht.«

»Ich sehe, daß meine Liebe zu makabren Erlebnissen mich in die entlegensten Winkel führt. Mit Vergnügen, Schönste.«

Er begleitete Dahlenar bis zu den Terkonitstahltüren des Basisgeschosses, verabschiedete sich mit Handkuß und ging, weniger stark hinkend, zum Ausgang.

In der Altstadt, unweit des ›Bougainvillea‹ aß er in Öl gebratene, schärfstgewürzte Fleischkuchen, trank bitteren Muskattee und einen Tresterschnaps, während sich die Gassen von Touristen leerten und die Nachbarn zusammenkamen, um die Einnahmen des Tages und das lemmingehafte Verhalten der Besucher zu diskutieren; mit Gewinn, schweigend und grinsend, folgte er den Unterhaltungen. Er zahlte und ging zum Hotel, machte hinkend einen Bogen um Tische und

Stühle, die fast die Gasse versperrten und sah zwei Paare, die sich leise unterhielten und tranken: Cossel Macishka und Maonee Jetsun sowie Girmil Yenavain und eine junge Arkonidin, die beim Geräusch der Krücke aufschauten und zur Seite rückten, ohne ihn zu erkennen; vielleicht war es Marloroyce von Ariga, von der Atlan kurz erzählt hatte. Er schenkte ihnen ein zerstreutes Lächeln und hinkte weiter; seine Maske war perfekt.

Die *First Creditoy Galactionays* residierte in einem futuristischen Turm der Neustadt, aus Terkonitplatten, von faustgroßen Nieten und Muttern zusammengehalten. Der kantige Turm erstrahlte innen in der seidigen Pracht geschliffenen Marmors und Stellarlampen, zu denen Horneths dunkelgraue Wildlederkleidung paßte. Der Gummipuffer der Krücke machte auf der glatten Fläche quietschende Laute. Raivis war zum erstenmal in dieser Bank, wies sich aus und legte sein Problem dar.

»Mit Vergnügen helfen wir einem Zeichnungsberechtigten dieses Kontos«, sagte der Abteilungsleiter, ein Epsaler. Horneth schloß die Augen, versank für fünf Sekunden in Hypnotrance und fälschte die Unterschrift, die er während des Fluges etwa tausendmal geübt hatte. Die Prüfpositronik klingelte silbern. »Die Bündelung der Milliarde ist ebenso wenig ein Problem wie der Übergabeort. Wir dürfen für diesen Service nur ein halbes Prozent berechnen; darin enthalten ist die Bonifikation für Jammuns Behörde.«

Horneth hob den Stock und deutete mit dem Knauf auf den Sachbearbeiter. Terry Demolution schwirrte im Deflektorfeld unsichtbar durch die Halle und filmte die Einrichtung, Konten und Kontochiffren auf Monitoren und die Angestellten.

»Für etliche blaue Rhodans bekomme ich hoffentlich mehr als einen Hinkenden, einen Blinden und einen Taubstummen, die auf die Milliarde aufpassen?«

»Einen gepanzerten Gleiter mit sechs ausgebildeten Männern. Tagsüber arbeiten sie beim SWD. Überaus zuverlässig.«

»Übergabeort ist das Selbstmordcolosseum.«

»Oder jeder andere Planet auf Lepso, zu jeder Zeit. Unsere Spezialität.«

»Umfaßt Ihre Großzügigkeit auch meinen Rückflug ins Hotel?«

»Selbstredend, Sir.«

Das Geld durchlief eine kombinierte Zähl-, Additions- und Banderoliermaschine, wurde in zwei Koffern aus dünnem Stahl verstaut, die Kennziffern waren eingeätzt. Die Behälter wurden versiegelt und in einen Container geschoben. Der Epsaler deutete auf die Programmierung der Zeituhr.

»Zehn Uhr nachts«, sagte Horneth. Die Zeit wurde eingestellt. Ein früherer Versuch, den Container zu öffnen, jagte ihn, das Geld und den Dieb in die Luft. Dasselbe würde nach elf Uhr geschehen. Horneth verbeugte sich und sagte:

»Kurz vor zehn im Geschäft des Gurrads Cyram Morsh, im ›Alle Artikel Absonderlicher Abartigkeiten‹, pünktlich und zuverlässig.«

»Wenn Sie diese Legimitation zeigen, entsteht keine unsachliche Konfusion, Sir.«

»Danke.« Tonfall und Höflichkeit waren bestechend. Er steckte die leuchtende Karte ein. Aber jede Einzelheit entsprach den Gepflogenheiten: Er wickelte eines von täglich hunderttausend Geschäften ab, deutete eine Verbeugung an und sagte: »Ich habe im ›Bougainvillea‹ Logis genommen. Ein empfehlenswertes, intimes Haus.«

Er lächelte dem Epsaler zu, zeigte schneeweiße Zähne und verließ mit langsamen Schritten die Bank. Einmal wirbelte er die Krücke durch die Luft und spürte, wie der siganesische USO-Spezialist im Sturzflug in die Tasche hineinschoß. Beide Wächter in der Eingangsschleuse musterten ihn schweigend, und wenn sie sein mattes Make-up und die Lidstriche bemerkten, enthielten sie sich des erstaunten Stirnrunzelns. Er hielt einen Taxigleiter an, stieg beim Hotel aus und bestellte Bier. Das Mittagessen wollte er in den krummen Gassen der orbanischen Altstadt genießen; mindestens ein Dutzend Leckerbissen der Küchen von zwölf Planeten.

Beide Vögel zwitscherten leise miteinander; die pseudointelligenten Wesen würden ihm jede auffällige Veränderung durch Farbänderungen des Gefieders und Gekreische angezeigt haben. Raivis lag im weißen Bademantel auf dem Bett. Geschlossene Jalousien und blaue Vorhänge schufen wohliges Halbdunkel. Er verschränkte die Arme im Nacken und dachte an seine Besuche auf Lepso nach der Condos-Vasac-Krise und dem Grossart-Desaster. Wenn er nichts Auffallendes tat, würde selbst der krankhaft mißtrauische Chef des Geheimdienstes nicht auf den Einfall kommen, Hologramme früherer Besucher, etwa der ›galaktischen Spieler‹ mit den Aufnahmen zu vergleichen, die von jedem Besucher gemacht wurden, der nicht mit einer Touristengruppe einreiste. Zudem würde er den Rückflug mit der LEONARDO D. VINCI beginnen, einem Schiff, dessen Passagiere entweder in Reichtum schwammen oder galaxisweit bekannte Dunkelmänner waren – in jedem Fall jene Besucher, die Lepso liebte und brauchte. Namen, Personen und deren errechenbares Verhalten tauchten in seinen Überlegungen auf: Macishka, Yenavain, Dahlenar, Jammun, Marlaroyce, der Gurrad und Orca Destany, die vielleicht herausfand, zwischen Staub, Spinnweben und stinkenden Schrankflächen, wohin die Fäden führten – womöglich zu jener Gruppe, die Rache an Unschuldigen verübte und Atlan treffen wollte.

Sieben Minuten vor zweiundzwanzig Uhr kam Raivis Horneth zwischen den Säulen hervor. Sein Anzug aus weißem Lackleder mit schwarzgoldenen Nähten, die weichen Stiefel, breite Gliederarmbänder mit flirrenden Howalgoniumkristallen, eine modische Brille, deren Mikrolaser die Färbung seiner Augen jede Sekunde veränderten und der Gehstock, ein vergoldetes Terkonitrohr mit Meerschaumgriff, schufen um ihn herum eine Zone scheuer, erstaunter Zurückhaltung selbst unter grölenden Trunkenbolden, tätowierten Raumschiffarbeitern und schnatternden Fremdwesen. *Was ist wirklich fremd auf Lepso?* fragte er sich, als er die Männer in dunkelroter Uniform mit schußfestem Küraß und Sprechfunkhelmen sah, die mit gezogenen Waffen vor Cyram Morshs Laden standen. Zwei Mann trugen gerade den Geldbehälter, dessen Warnlichter blinkten, ins Innere.

»Beispiellos zuverlässig!« Horneths Hinken schien weitaus schwächer geworden zu sein. »Darf ich bitten?«

Sie wuchteten den Container zwischen die weißen Säulen. Cyram schaltete zusätzliche Lampen an. Zehn Uhr: ein Gongschlag. Die Blinklichter erloschen, die Klappe senkte sich, man entnahm dem Behälter die Koffer. Horneth löste das Siegel, öffnete die Stahlkoffer und deutete auf die Bündel aus Scheinen unterschiedlicher Werte.

»Mehrfach beglaubigte Zählung der Bank«, sagte er. »Eine Milliarde.«

»Mitunter ist Handel ein Vergnügen.« Der Gurrad schien sich einer aufwendigen Kopfwäsche und einem Haarschnitt beim guten Stylisten unterzogen zu haben. Er wirkte auf Horneth wie sein eigener schönerer Bruder. Seine Katzenaugen strahlten, als habe er Elixier Felicitas geschnupft. Aus dem kurzen, dicken Zeigefinger fuhr die dreieckige Kralle und wies auf die SWD-Männer. »Vier Zeugen. Ich akzeptiere die Zählung. Einen Moment.«

Er entnahm Zehntausenderscheine, Fünfziger mit Abbildungen des Solsystems, entsprechend viele Zwanziger und Zehner und brummte: »Vor vier Zeugen: zehn Prozent.«

Er verschloß und siegelte die Koffer, fegte die Bündel achtlos in eine Schublade und verbeugte sich tief vor Raivis Horneth. »Der Handel ist perfekt. Besiegelt und bezeugt.«

»Nun hätte ich gerne meine Ware«, sagte Horneth. Der Gurrad entblößte überraschend weiße Zähne.

»Magister Horneth«, sagte er. »Sie verhandeln mit einem Ehrenmann. Einen Tag vor Ihrem Abflug mit der LEONARDO D. VINCI wird die äußerst behutsam zu behandelnde Ware vom Schiffszahlmeister persönlich in den Safe Ihrer Luxuskabine A 16 gestellt werden. Zwei gelbschwarz getigerte Plastikbehälter mit den Zeichen der Venus und des Mars.«

Schweigend durchdachte Horneth sämtliche Aspekte dessen, was er eben erfahren hatte. Seine Anerkennung vor dem unbekannten Gegner stieg um zwei Zehnerpotenzen. Kabinennummer, Zahlmeister, Schiff und Abflugzeit – er trug das Ticket ständig bei sich –, und einen Tag Zeit zu Reklamationen; der SWD verfolgte betrügerische Händler rücksichtslos und belegte sie mit abartig scharfen Strafen. Er grinste, verbeugte sich ebenfalls und zog einige Hundertsolarscheine aus dem Ärmelaufschlag.

»Ein Handel zwischen Ehrenmännern sei besiegelt. Akzeptiert.« Er gab dem Anführer der Übergabegruppe das Geld. »Für Imbiß und Umtrunk. Wohl bekomm's. Sie sind sicher, daß ich die richtige Ware bekomme?«

Die SWD-Männer hoben den Behälter auf, verließen den Laden und schlossen die Tür. Nach drei Atemzügen flüsterte der Gurrad: »Sie suchten Stigmaviren. Sie werden Stigmaviren bekommen. Ausreichend für Ihren Zirkon-Kleinkontinent. Gebrauchsanweisung in Interkosmo liegt bei.«

Zwischen Horneths Schulterblättern breitete sich ein kreisrunder Fleck eisiger Kälte aus. Er wählte drei unterschiedlich große und mit verschiedenen Konstruktionsbeispielen bedruckte Baustein-Kästen aus, las den Preis ab und zahlte; er räusperte sich und sagte:

»Mit einer bezaubernden Frau bin ich in der Caicon-&-Raimanja-Bar verabredet. Sie sind, samt Ihrer hinter Vorhängen versteckten Gefährtin, herzlichst eingeladen. Für heute dürften Sie das Geschäft beruhigt abschließen, denke ich?«

»Ich frage sie. Wenn sie zustimmt, kommen wir nach, Magister Horneth.«

Sie schüttelten sich die Hände. Lionela Deserts hatte Orca abgelöst, die sich in Horneths Tasche befand. In achtundvierzig Stunden würde sie abgeholt werden. Horneth fand den Weg in die Bar und war nicht überrascht, als er Dahlenar auf demselben Platz wie gestern sitzen sah. Er führte ihre Handrücken an seine Lippen und sagte:

»Ihr feines Kleid zeigt mehr von Ihrer Haut, als meine altersschwachen Augen vertragen. Fein, daß Sie gekommen sind; ich darf ein wenig abrüsten?«

Er nahm die Brille, die auffälligen Ringe und Armbänder

ab, lockerte die Halsbinde und steckte die juwelenstarrende Brosche ein. Mit einer Serviette, die er mit Wodka anfeuchtete, entfernte er die leuchtenden Striche aus den Augenwinkeln und bestellte das Gleiche wie gestern; es wurde augenblicklich serviert.

»Ihr Geschäft ist zufriedenstellend getätigt, Zirkonier?«

»Äußerst zufriedenstellend. Ich hätte fünf, sechs Tage Zeit bis zum Rückflug. Kurzurlaub auf Lepso, im Süden?«

Prüfende Blicke aus tiefbraunen Augen glitten über seine kostbare Kleidung; das Entfernen der Schmuckstücke hatte die Frau schweigend mitangesehen. Sie zuckte mit den Schultern.

»So, wie Sie ausstaffiert sind, regnet es Ihnen Kurzurlaube wie Schuppen aus dem Haar. Was sagt Ihr Chef dazu?«

»Er amüsiert sich andernorts auf weniger herkömmliche Weise.«

Horneth legte den Gehstock über die Verpackung der Bausteinkästen und hob das Glas. Er verdrängte einen Teil seiner Gedanken in eine dunkle Ecke des Verstandes und widmete sich der Unterhaltung mit Dahlenar Rotomyr. Immer wieder schob sich der Kopf des Gurrad vor das schmale, von schimmerndem Haar gerahmte Gesicht der Lepsoterin. Bisweilen, mitten im Gelächter, sagte er sich, daß Dahlenar vielleicht Mitglied des Geheimdienstes war, andererseits hatte er nicht vor, seine Maske auch nur um einen Millimeter zu lüften. Der wirkliche Horneth, Hotelmanager auf Zirkon, lebte vorübergehend bei den Eltern auf einem Hinterwäldlerplaneten; an ihm, Tekener, war nichts Auffallendes. Er mied verräterische Gesprächsthemen und erging sich in Schilderungen aus seinem Leben. Dahlenar entspannte sich, schien jeden Scherz zu verstehen und antwortete mitunter wohltuend ironisch; die Zeit raste dahin. Als sie traurig ins leere Glas blickte, legte Tekener die Hand auf ihren Unterarm und sagte leise:

»Ich warte nach Dienstschluß am Eingang. Ein Bummel durch die Altstadt?«

Sie nickte langsam; ihr Blick bohrte sich in seine Augen.

»Ich wohne jenseits der Altstadt, in einem der Häuser von Il Pontoy. Kurz nach zwei, Raivis?«

»Ich stehe da wie ein Zwanzig-Tonnen-Monolith und warte; auch im Hagel oder zwischen zusammengerollten Mattenwillys.«

»Ich hab's erkannt: ein Mann von Format, Würde und Zuverlässigkeit.«

Horneth und beide Barmänner sahen ihr nach, als sie zum Ausgang schritt, sich umdrehte und winkte. Horneth trank ein grünliches Mineralwasser, wartete zwanzig Minuten vergeblich auf den Gurrad und nahm einen Taxigleiter zum Hotel. Einen Teil der Wartezeit vertrieb er sich damit, daß er versuchte, mit den Bausteinen das Kontrollgebäude des Terrania-City-Raumhafens nachzubauen: Einige Bauelemente widerstanden seinen Bemühungen. Er entfernte die getarnte Zigarettenschachtel aus der Jackentasche und sagte leise:

»Bewacht unser Zimmer und versucht, die Bausteine zu überprüfen. Übermorgen bin ich in der Nähe des Gurrad-Ladens und übernehme Orca. Bisher ist alles verdächtig glatt gegangen. Laßt euch nicht entdecken, Kleine.«

»Das haben schon viele andere vergebens versucht, Smiler.«

Er zog eine weiche Lederjacke an, sah sorgfältig seine Brieftasche durch, sicherte die verschiedenen Chipkarten und griff nach einigem Zögern nach dem stählernen Gehstab.

Die perfekte Organisation, die hinter dem Verkauf der stigmavirentragenden Insektenzüchtungen zu erkennen war, hatte den Smiler mehr erschreckt, als er sich gegenüber eingestand. Er wußte nicht, ob er gefährdet war und zählte bisweilen die Stunden bis zum Abflug rückwärts; niemand hatte damit rechnen können, daß der Kauf so reibungslos vonstatten ging. Bekam jeder, der Stigmaviren kaufen wollte, eine Zucht der Insekten? Oder bestimmte persönliches Auftreten die geschäftliche Zuverlässigkeit? Oder die Herkunft? Sein Arm lag um Dahlenars Schulter, ihre Hüften berührten sich bei jedem zweiten Schritt, als sie sich zwischen anderen

Besuchern den Weg zum ›Baumbaum‹ bahnten. Die Herkunft? Zirkon? Waren Züchter und Verkäufer damit einverstanden, daß Unzählige auf Zirkon getötet wurden? Auch auf Zirkon gab es verborgene USO-Stützpunkte und ›schlafende‹ Spezialisten.

Zwischen dicken Tauen, durch Eisenringe gesichert, glitt ein Liftkorb aus Bambusflechtwerk in die Höhe. Ein Wasserrad, von dessen Schaufeln Tropfen sprühten, im Kerzenlicht wie Bernsteinperlen schimmernd, drehte die Trommel. Auf Gabelungen der Äste des hundert Meter hohen Laubbaumes waren Plattformen mit Balkengeländern gesetzt, auf denen Tische und Stühle standen, weit über der träge rinnenden Chylamassa. Dicht unter dem höchsten Punkt des Wipfels stiegen Dahlenar und Horneth aus und setzten sich ans Ende des Stegs. Am Abend rollten sich die Blätter zusammen und öffneten sich gegen Mitternacht, drehten die Blütengefäße zu den Sternen und verströmten ätherische Öle. Unter dem Baum sank die Betriebsamkeit der Gassen zu undeutlichem Murmeln herab.

»Die Romantik ist schier nicht mehr zu steigern.«

»Es erstaunt mich, daß selbst pangalaktisch erfahrene Männer von einem schnöden Laubbaum zu begeistern sind.«

»Von dir im Laubbaumbaum bin ich begeistert.« Horneth zwängte den Gehstock in einen Spalt im Geländer, bestellte und lehnte sich schwer über den Tisch. »Laubbäume ohne dich gibt's bei uns myriadenweise.«

Zirkon war, wenn sich jemand an Atlan rächen wollte, so gut wie tausend andere Planeten. Nicht so gut wie Terra, aber der Schrecken in der Galaxis würde grenzenlos sein. Zwischen Horneth und Dahlenar blakten Kerzen; als Horneth im Gesicht der Lepsoterin forschte, jedes Fältchen zu analysieren versuchte und glaubte, hinter den großen Augen auf eine Wand aus Stahl zu prallen, stand sein weiteres Vorgehen fest. Er war sicher, daß die Lepsoterin kein Teil der Struktur jener unbekannten Macht war, die den Tod vieler Tausender auf dem Gewissen hatte.

Genußvoll löffelten sie das Eis, das angeblich ein Aphrodisiakum enthielt, tranken Mokka und sprachen leise über sich, das Leben, die verpaßten großen Gelegenheiten und die seltsam verworrene Lage, die das morsche Gebilde des Imperiums aufzulösen schien. Auf dem Uferweg der Chylamassa gingen sie zu Dahlenars Wohnung; nachdem Horneth sie geküßt hatte, nahm Dahlenar seine Hand und zog ihn in ihr Apartment.

5.

Nach sechzehn Umkreisungen in großer Höhe über Aralon senkte sich die IMPERATOR III langsam über der Aladiahinsel des Semecklasees. Genau am Mittag verdeckte der Schatten des Flaggschiffes mit zweieinhalb Kilometern Durchmesser die Sonne Kesnar. Ich ignorierte sämtliche Anzeigen der Funkgeräte. Sie blinkten wie wild; über mehr als ein Dutzend Sender versuchten die Aras das Riesenschiff zu erreichen. Ich hob die Hand, nickte dem Piloten zu und deutete nach unten.

Die gewaltigen Traktorstrahlprojektoren wirkten auf das Seewasser wie die Gezeiten der Sonne und des Mondes; millimeterweise hob sich das Wasser des Semecklasees, trat über die Uferbefestigungen und erzeugte eine Überschwemmung. Die Zuflüsse des Semeckla stiegen lautlos, und Waldflächen wurden überflutet. Ich lehnte mich zurück und betrachtete die wechselnden Digitalziffern der Uhren.

»Bevor der Schaden wirklich groß wird«, sagte ich, »schweben wir höher, schalten die Funkgeräte ein und steigen in eine Korvette.«

»Lautlosigkeit, Drohung und Schweigen werden die Aras zermürben, Sir«, sagte der Kommandant. »Ich glaube, wir sind schon ziemlich weit mit der psychologischen Arbeit.«

»Ich kenne dieses knochige, langlebige Geschlecht länger, junger Mann.« Ich beobachtete wie jeder andere in der Zentrale die Monitoren der Panoramagalerie. »Erst wenn sie wirklich jammern, sind sie verhandlungsbereit.«

Der See inmitten von Hügelwäldern gehörte ebenso wie die Ebene zum alten, traditionell wenig veränderten Teil des Planeten. Viele der Springer-Nachfolger suchten vor einigen Jahrtausenden Schatten und Kühle und errichteten kreisförmige Bauwerke um bewaldete Innenhöfe. Der Raum zwischen den Außenmauern und die Dächer wurden im Lauf der Zeit mit Erdreich aufgefüllt und bepflanzt; eine Ebene, in deren Mitte, im ›Palast der Forschung und Heilung‹, der Planetare Rat Aralons zusammentrat. Der Extrasinn unterbrach meine Erinnerungen: *Es ist genug, Arkonide! Wenn du die uralten Räte zu sehr erschreckst, werden sie kaum auf deine Forderungen eingehen!*

Ich wandte mich an Kommandant Hiller Racksen und sagte:

»Setzen Sie den Funkspruch ab. Lordadmiral Atlan wünscht in drei Stunden mit allen sieben Räten zu sprechen. Bringen Sie die IMPERATOR wieder in den Orbit. Wir schleusen sieben Korvetten aus, eine für jeden Rat.«

Langsam schwebte das gewaltige Schiff in die Höhe. Die Oberfläche des Sees, eben noch schattenschwarz, zerriß in einem Netzwerk großer, schaumgekrönter Wellen. Hinter den Bäumen tauchten die langgestreckten Gebäude des Haimamorbosiums und des Algospedalon auf; dort wurden Krankheiten der Körperflüssigkeiten behandelt sowie Schmerzforschung und -heilung betrieben. Ich verließ die Zentrale und schwebte zu einem Ladedeck. Einige große Habitat-Container standen zwischen Holoprojektionen, die Bilder vom Planetenboden zeigten. Ich wartete geduldig, bis sich drei Dutzend Mooffs geistig zusammenschlossen und telepathisch auf mich konzentrierten. Dann, als ich zu spüren begann, wie mich eine hypnosuggestivtelepathische Wolke einzuhüllen begann, richtete ich meine Gedanken aus.

»Als der uralte Springerpatriarch vom Planeten Maditloos startete, habt ihr in seinem Bewußtsein geforscht. So konnte ich von dem sogenannten Konklave erfahren, an dem die größten Feinde des Imperiums teilnahmen. Bedrohen sie mich, richtet sich ihre Aggression auch auf euch Mooffs. Wegen der Vorfälle auf eurem sechsten Planeten und weil Aras eure Kinder entführten, um die Zaliter zu beeinflussen, ist euer Verhältnis zu Aralon gespannt. Aber es geht heute nicht um Vorfälle der Vergangenheit. Wenn ich in zwei Stunden mit sieben Ara-Räten verhandle, bitte ich euch, in ihren Gedanken zu forschen. Sie dürfen es nicht merken. Ihr wißt von den tödlichen Überfällen der Stigmaviren. Sie sind zweifellos eine Ara-Züchtung. Es ist denkbar, daß die Planetaren Räte davon wenig oder nichts wissen – das sollt ihr feststellen. Findet, bitte, so viel wie möglich heraus!«

Ich empfing starke, bestätigende Impulse; immerhin konnte eine Handvoll Mooffs, die sich telepathisch zusammenschlossen, einem anderen Wesen den freien Willen rauben. Ich sandte Gedanken der Zustimmung und Erleichterung aus und verließ den Laderaum. Ich wechselte die Bordkombination gegen uniformähnliche Privatkleidung, schob den Zellschwingungsaktivator unter die Hemdsäume und erinnerte mich, daß Aralon nur 36 Lichtjahre von Arkon entfernt war. Ich bereitete mich ebenso auf meine Forderungen wie auf das klassische Idiom vor, in dem wir miteinander sprechen würden: Als ich aus der Zentrale die Meldung hörte, daß die Korvetten bereit zum Wiedereinschleusen waren, bestätigte ich sie und wiederholte die Anweisung, keinen Funkspruch zu beantworten.

»Die Landegenehmigung wurde fast augenblicklich erteilt, Sir«, sagte der Kommandant. »Die Korvettenkapitäne kannten die Landeplätze.«

»Keine Eile«, sagte ich. »Ich bin pünktlich bei den Räten; wir haben noch fünfundsechzig Minuten.«

Langsam wanderte ich durch kühle Schiffskorridore und lauschte auf den technischen Atem des Ultraschlachtschiffs. Seit dem Abflug von Quinto-Center hatte sich in mir eine Mischung aus Unsicherheit, Groll und Angriffslust aufgestaut. Ich mußte selbstbewußt bluffen, ich wußte, daß ich weder die Arafrau Usma Lazu-Tashtxan noch den Springerpatriarch Katana Nipas auf Aralon finden würde; für die USO die Verantwortlichen für zehntausendfachen Tod. Ich betrat den Kongreßsaal der IMPERATOR.

»Bringen wir's hinter uns«, sagte ich leise. Vor Urzeiten mochten nur der Wunsch, anderen Wesen zu helfen und die Kenntnisse der Heilkunst ausschlaggebend für das Wirken aller Aras gewesen sein. Dies galt für fünfundneunzig Prozent aller Galaktischen Mediziner; die Gesundheit Anderer war für die Planetarier Aralons eine teuer zu bezahlende Ware. Die Außenseiter dieser hochbegabten Mediziner, Frauen und Männer, die Heilen und Helfen als wichtigste Aufgabe betrachteten, standen freiwillig in Diensten des Imperiums oder der USO. Auch die Träger uralter Namen, Vertreter der Alten Großen Familien, verkauften Gesundheit und sicherten den Wohlstand des Planeten. Aralon war, seit Dutzenden Generationen, ein sehr reicher Planet. Jeder Park, jeder Teil der Planetoformung zeigte es deutlich. Die letzte Korvette startete vom Haupteingang des Palastes, einer von Säulen gesäumten Rampe in die Tiefe eines Ringbauwerks. Im Zentrum des kreisrunden Hofes, unter uralten Riesenginkgos, stand der Tempel.

Langsam, völlig allein, ging ich durch den stillen Schiffskorridor zum Eingang des Saales. Lautlos öffneten sich schwere Glastüren. Ich bemühte mich schon jetzt, keinerlei Emotionen zu zeigen; hinter dem Glas sah ich heranschwebende Sessel und einige, die ihren Standort schon erreicht hatten. Den schwarzen Glasboden bedeckte ein runder Teppich. Der siebente Sessel schwebte heran, als ich neben dem achten Sitz stehenblieb und mich tief vor den Frauen und den fünf männlichen Räten verneigte. Jerx Gushagia, dessen zittrige Stimme positronisch verstärkt wurde, sagte ruhig:

»Wir sind Eurer Einladung gefolgt. Tretet in unseren Kreis, Lordadmiral Atlan, Fürst Gonozal von Arkon, nehmt Platz und geruht zu sprechen, Eure Erhabenheit.«

»Ich kam in Frieden«, sagte ich. »Ihr seid meine Gäste und sicher an Bord. Ich will in Frieden und in gemessener Rede mit Euch sprechen und in Würde wieder abfliegen. Wenn eure das All zierende Einsicht so groß ist wie in der Vergangenheit, Oberster Rat Cendrogim Tashtxan, sehe ich keine Schwierigkeiten. Aber es wäre unangebracht, ausufernde Beteuerungen neuerwachter Freundschaft zu erwarten.«

»Wir kennen uns seit langem, Erhabener. So mag der freien Rede gepflegt werden, Arkonide Atlan.«

Mindestens insgesamt drei Jahrtausende saßen reglos in bequemen weißen Antigrav-Medosesseln und starrten mich aus hellen Augen an. Vermutlich scheuten sie körperliche Anstrengungen ebenso wie grelles Sonnenlicht. Ich setzte mich und blickte in schmale, faltige Gesichter über kostbaren Roben.

»Die Vergangenheit ist ein fremdes Land«, sagte ich. »Mancher Grund für Blutrache, Rat Hoxel Aghan, hat dort seine Wurzeln. Eure Tochter, Cendrogim, hat mit einer Virenzüchtung den Becher des Entwerdens über zwei Welten des Imperiums ausgeleert, und andere Becher, Krüge und Schalen, die milliardenfaches Massaker für Terraner enthalten, sind schon gefüllt.«

»Woher wißt Ihr von diesem eitlen Plan, Arkonide?«

»Ich weiß noch mehr. Ein Konklave fand statt, auf einer verlassenen Plattform toter Paddler. Usma Lazu-Tashtxan verbündete sich mit Katana Nipas. Der Akone Klanx und ein Oberpriester der Báalol nahmen am Konklave ebenso teil wie ein Blue aus dem Volk der Gataser. Ich habe Katana Nipas mit der gnadenlosen Klinge der Rache verfolgt und werde verhindern, daß er Schaden anrichtet. Usma Lazu sprach von Thoras einbalsamiertem Leichnam, der im Mausoleum des Terramondes liegt und angeblich Spuren des Langlebigkeitsserums enthält. Dies ist nicht der Fall; das wissen alle. Sorgt dafür, Cendrogim Tashtxan, daß Thora nicht angerührt wird – ich würde einige Lebenshemden in Fetzen reißen und hier, trotz meiner Achtung vor Eurem hohen Alter, das Unterste zuoberst kehren. Ich vermeide noch drastischere Worte, Sprecher des Rates, aber mein Unmut ist geschürt.«

»Wir haben niemals Grund dazu gehabt, an Euren Worten zu zweifeln, Erhabener, wenn Ihr – was sehr lange her ist – in unserem Kreis gesprochen habt.«

»Auch jetzt, Cimoc Elerke, ist mein Wort die lautere Wahrheit. Ich fordere den Rat Aralons auf, Usma zu suchen und ihr weiteres mörderisches Wirken zu untersagen.« Ich machte eine Pause. »Finde ich sie vorher, werde ich ihr das Gewand des Ewigen Seins anlegen.«

»Auch diese Versicherung wird Euch geglaubt, Eure Erhabenheit«, sagte Ipse Leveda. »Was geschieht, wenn wir Usma nicht finden? Wenn sie ohne unser Wissen versucht, das verlorengegangene Geheimnis zu ergründen?«

»Dann wird viel Ungemach über viele Welten kommen; es wird herabregnen wie die Würfel und Kugeln, die wie Spielzeug aussehen und Menschen töten, wenn jene gegen die Stigmaviren-Insekten kämpfen; auch eine Erfindung derer, die sich ›Erneuerer‹ nennen. Ohne Euer Wissen, Räte? Aus langer, leidvoller Erfahrung und zehntausend Aussagen in tausend Verhören weiß ich, daß Aralon für jede Art Spionage im Imperium dort, wo ich die Verantwortung trage, immense Geldbeträge ausgibt. Viel mehr als die USO, um Eure Geheimnisse zu erfahren.« Ich lächelte kalt. »Und alles nur, weil ich damals, als Gonozal VIII, die Herstellung des Ewigkeitsserums verbot. Tolimon, der Galaktische Zoo; Ihr erinnert Euch. Ich glaube zu wissen, daß es zumindest noch geheime Vorräte fürs eigene Leben gibt – soll dieser Umstand auf Aralon bekannt werden? Unter Millionen junger Aras?«

»Usma sagte, es fiele leicht, Euch zu hassen, Atlan. Wovon Ihr in geziemender Rede sprecht, Fürst Gonozal, verstehe ich nicht.« Ratlose Blicke von Nadroj Tychard und Suamol Zhudurch trafen mich. »Was bedeuten Euch und uns die Stigmaviren?«

Ich hob die Hand und erklärte ihnen, was ich wußte. Schweigend hörten die Räte zu; in den faltigen, von Altersflecken gezeichneten Gesichtern zuckte kein Muskel. Die Räte erkannten, daß ich, ohne den Schleier der Würde und des Anstandes zu zerreißen, die Wahrheit sprach; sie erkannten auch, in welchem Ausmaß Usma Lazu an der Planung planetaren Mordens beteiligt war.

»Sie haßt mich inbrünstig, Cendrogim Tashtxan.« Als ich

den Blick von seinem Gesicht nahm, sah ich, daß seine Hände zitterten. »Ihr Verbrechen richtet sich aber gegen andere. Sie, die den gelben Kreis der Innersten Condos-Vasac trägt, will die Tatsache ändern, daß andere Mächte über Teile der Galaxis herrschen. Ich weiß, daß beim Konklave alle Farben gezeigt wurden: rot, gelb, violett, blau; die alten Syndikatsfarben. Mit Billigung des akonischen Energiekommandos kriecht im Untergrund die Condos-Vasac wie ein giftiger Skorpion. Findet Usma Lazu bald.«

»Wo sollen wir suchen?« fragte Hoxel Aghan. »Auf zehntausend Welten von fünftausend Sonnen?«

»Überall dort, wo sich Aras aufhalten. Nur nicht auf Tahun oder anderen Welten, auf denen Aras heilen, die meine Freunde sind.«

»Hört, Atlan – wir werden Usma suchen. Das Versprechen, sie zu finden – wer vermag es zu geben? Wir nicht. Nicht die sieben Räte.«

»Ich verlange nichts Unmögliches von Euch. Aber alles, was möglich ist – und das ist viel.«

»Wir tun, worum Ihr uns bittet. Was habt Ihr außer Usmas Untaten noch im fremden Land der Vergangenheit gefunden?«

Die Unterhaltung wurde mit leisen Stimmen geführt. Jedes Wort hatte seine Bedeutung; der Dialog lief stellenweise wie ein Ritual ab. Die sieben Räte hatten sicherlich wenig Ehrfurcht vor meinem Namen, verstanden aber die subtilen Drohungen sehr genau und fürchteten die Macht der USO. Der Extrasinn schwieg; er schien in meinem Vorgehen keinen Fehler festzustellen. Ich blickte in die hohlwangigen Gesichter Ipse Levedas und Suamol Zhudurchs und war sicher, echte Betroffenheit zu erkennen.

»Einen Akonen, einen Springer, einen Blues und einen Báalolpriester, zusammen mit Eurer Tochter?«

»Ich bin älter als fünf Jahrhunderte«, sagte Cendrogim Tashtxan. »Was sind sie ...?«

»Also doch Serum der Ewigkeit. Sie sind wie der Vogel Phönix aus der Condos-Vasac auferstanden, die von der USO weitestgehend zerschlagen wurde – zumindest planen die sogenannten ›Erneuerer‹ es mit viel Macht und einem Erfolg, der sie zur galaktischen Gefahr macht. Bald werde ich über die Züchtung von Stigmaviren-Insekten verfügen. Soll ich sie von einem Grippekranken auf Aralon aussetzen lassen, hier, in der Ebene des Alten Palastes?«

Die beiden Frauen senkten die Köpfe. Die Vorstellung schien sie zu martern. Ich sagte voller Ernst:

»Solange Ihr die Schäden der Überschwemmung beseitigt, werden Eure tiefsten Gedanken bei Cendrogims Tochter und ihren Umtrieben sein, die den Ruf Aralons mindern und beschädigen.«

»Wahr gesprochen, Arkonide.«

»Wenn in einer Waagschale alle Aras und ganz Aralon lägen, und drei Ultraschlachtschiffe, von mir befehligt, landen auf der anderen Schale – welche Schale, Ihr sieben Weisen, würde sich jäh senken? Oder einer der Sentenza-Leute würde auf Aralon eine Arkonbombe zünden, wie ich beweisen würde, während die USO Aras und Kranke rettet? Ein Schicksal, das immerhin Terra droht ...«

Sie antworteten nicht; meine höfliche Stimme war noch gnadenloser; ihr Klang sickerte in ihre Kreisläufe wie physiologische Kochsalzlösung. Ich legte die rechte Hand auf die Brust und stand auf.

»Ich gehe trotz meines geheimen Wissens in Frieden, Ihr Räte von Aralon. Sorgt dafür, daß sich die Blüten meines Mißmuts nicht in Früchte des Zorns und der Wut verwandeln.«

»Wir haben verstanden«, sagte Tashtxan als Sprecher der Sieben. Ich verneigte mich siebenmal, ging hinaus und ließ mich nach einem ruhigen Gang in meiner Kabine in den Sessel fallen.

Die Korvetten starteten, schwebten über die langgestreckten Flachbauten des Maladermaspitals und die verwüsteten Seeufer, vorbei am Splanchnatorium – dem Kurhaus für innere Organe – und landeten, dann stiegen sie wieder schräg hinauf in den Orbit, zur IMPERATOR III, die zwischen vielen kleinen Schiffen schwebte. Diese wartenden Einheiten brachten Kranke, Heilungssuchende und Verletzte aus vielen Teilen der Galaxis. Ich war ziemlich sicher, daß jedes meiner Worte schon jetzt auf Aralon hektische Betriebsamkeit auslöste und daß ich nichts übersehen hatte.

6.

Außer Raivis Horneth schien niemand im ›Bougainvillea‹ zu wohnen; obwohl acht der zwölf Zimmer besetzt waren. Es war viel zu ruhig, als der Junge zwei Flaschen Bier und ein Glas brachte. Horneth betrachtete nachdenklich die Spuren von Dahlenars Fingernägeln auf seinem Unterarm, warf einen prüfenden Blick nach den Vögeln und bemerkte, daß die Luke des Siganesenquartiers offenstand. Auf dem hellen Tuch über der Tischplatte lagen Würfel, Quader, Halbkugeln, Kugeln und andere geometrische Formen in mindestens zwei Dutzend Farben und Mustern säuberlich in Reihen und Gruppen. Horneth goß ein Bier ein und musterte die Anordnung der Bausteine. Die Verpackungen lehnten, wie er sie am Vorabend zurückgelassen hatte, gegen die Sessellehne.

»Es ist noch nicht an der Zeit, über die mangelnde Tugend der Besiegten nachzudenken«, murmelte er und nahm einen Schluck. Mit dem Zeigefinger schob er einige Würfelchen hin und her: weiße, gelbe und rote. Ein Siganese im leichten Schutzanzug schwebte heran und landete mitten zwischen den Elementen. Horneth erkannte Scatman Sauvage.

»Wir haben nachts alles untersucht, Smiler, was wir mit unseren Geräten schaffen konnten. Du mußt alles zur Analyse ins Center mitnehmen.«

»Mache ich; deswegen hab' ich sie gekauft. Was kannst du einem gebildeten Laien erklären?«

Der Siganese stolzierte zwischen den Teilchen umher. Er hob den Arm und fing zu dozieren an.

»Einige Würfel enthalten in Seitenflächen dünne Platten,

hoch magnetisiert, offensichtlich schaltbar. Dreieckige Stahlblätter stecken in kleinen Hohlräumen. Einige Teile enthalten mikroskopisch feine Verbindungen langgestreckter Zellsysteme; offensichtlich in Trockenstarre. Wir kennen eine solche wandelfähige Mikrofadenstruktur; um sie genau bestimmen zu können, brauchen wir die Datenbanken im Center.«

»Ich verstehe. Also Kinderspielzeug und weitaus mehr, je nach Ziel und Erfordernis. Hochmanipulierbar. Veränderbar. Kann es zu tödlichem Werkzeug gemacht werden?«

»Du hast das einzig Richtige gemacht, Smiler, als du die Baukästen gekauft hast. Einige Bausteine sind wie Messer: man kann Zwiebeln schneiden oder Kinder erstechen.«

»Begriffen! Hat sich jemand für uns interessiert?«

»Nur der Zimmerjunge und seine Putzrobots. Du hast andernorts gut geschlafen?«

»Genußvoll kurz geschlafen, und ich beabsichtige es auch morgen ... heute zu tun. Obwohl mein Mißtrauen nicht geweckt wurde, bleibt meine Skepsis. Für nachts und morgen brauche ich einen von euch, mit vollem Überlebensvorrat.«

»Das kann Terry machen. Wir besuchen Macishka. Vielleicht erfahren wir etwas. Du hast Viren-Zuchtvölker für Zirkon?«

»Ja. Da ich scheinbar die Arbeit der Verbrecher mache, einer privaten oder innenpolitischen Aktion wegen, muß ich als gegeben annehmen, daß die Unsichtbaren keinen Anschlag auf Zirkon planen. Macht weiter. Ich schlaf' ein paar Stunden.«

»Dann solltest du die Vorhänge zuziehen.«

»Halbdunkel mindert zwar das Licht«, sagte Horneth versonnen, »aber ob es mir hilft, ein hilfreiches Denkmodell zu erstellen, weiß ich nicht. Wo sollen wir ansetzen, um die Verantwortlichen für dieses Elend zu finden?«

Er warf sich auf das Bett und starrte an die Decke. Nicht zum erstenmal in seinem Leben wünschte er sich dringend, über zusätzliche Sinneskanäle zu verfügen: Er würde dann jene Beobachtungen machen können, die ihm jetzt nicht möglich waren.

Wut, Enttäuschung und jene Unruhe, die ich stets dann fühlte, wenn die Umstände kein schnelles, zielgerichtetes Handeln zuließen, nagten an meinem Wohlbefinden. Eine Handvoll beruhigender Meldungen über Entwicklungen, die auch ohne mein Zutun zu Ende gebracht werden konnten und die sich gegen das Imperium, dessen Gesetze und viele andere Gesetze richteten, konnten daran wenig ändern. Hinter einem düsteren Horizont der nahen Zukunft schob sich, wie ein zerstörerischer Stern, jene grauenhafte Gefährdung herauf. Ein gutes Zeichen: keine Nachricht von Tekener und den Siganesen, keine Panikmeldung von Macishka. Der Extrasinn sagte beruhigend: *Blinder Eifer, Atlan, kann alles verderben. Fasse dich in Geduld. Erst wenn alle Informationen vorliegen, darfst du handeln. Warte! Setz dich an den Schreibtisch und tu etwas Sinnvolles!*

Ich grinste unbehaglich. Der Extrasinn hatte recht, wie meist. Ich sah mich unschlüssig im riesigen Privatbüro um, das mehr Ähnlichkeit mit einer Kommunikationszentrale hatte. Ein Interkomschirm flammte auf; ich erkannte Seniorspezialist Vence Stalmaster, stellvertretender Kommandant der MASCAREN II. Er hob grüßend die Hand, ich drückte den Kontakt, und das Schott glitt auf. Hinter Stalmaster sah ich einen dunkelrot gekleideten, breitschultrigen Arkoniden. Ich sprang auf.

»Ghamshedi! Dagorbruder!« Ich begrüßte den grauhaarigen Terraner und schüttelte Ghamshedis Hand. »Willkommen!«

Er setzte einen würfelförmigen Kasten auf der Tischplatte ab. Sein Gesicht war ernst, das weiße Haar straff in den Nacken gebunden. Meine Unruhe nahm zu; ich glaubte die Bedeutung dieses Mitbringsels zu erkennen.

»Jaramogi und Kalmanster baten mich, dir die Dagor-Puppe zu bringen, und zufällig fand ich heraus, daß dein Schiff in der Nähe war. Stalmaster nahm mich mit. Öffne.«

Ich löste die drei rituellen Knoten, nahm den Deckel des Arkonitwürfels ab und hob die Puppe heraus. Sämtliche Jahresnägel waren herausgezogen und lagen im Boden des

Kastens, das geschnitzte, durchlöcherte Gesicht des jungen Dagorgroßmeisters Harxid von Zoltral war zum erstenmal wieder frei von Stoffstreifen und Zeichen. An der Rückseite der doppelt handgroßen Puppe klebte ein länglicher Briefumschlag. Ich öffnete ihn und las still:

Unser verehrter Oberster Dagorgroßmeister Harxid von Zoltral, 251 Jahre und vier Tage alt, hat die Welt Starjoy und jenen Bereich des Kosmos, der uns Lebenden erkennbar ist, verlassen. Er starb friedlich in Würde und ohne Schmerzen. Seinem Rat folgend, haben alle Dagorgroßmeister und Meister – bis auf Deine Stimme, Mascaren Atlan –, zugestimmt, als Nachfolger seinen Enkel Rafualon von Harxid einzusetzen. Er hat die Totenfeierlichkeiten für Harxid geleitet und wird die Tradition gemäß der ewigen Regeln fortsetzen. Trauriger Gruß: Kalmanster von Arthamin, Jaramogi del Monotos.

»Es wird sehr lange dauern«, sagte ich nach einer Weile, »die Puppe nach Arkon zu bringen. Aber – ich versprech's. Bis zu diesem Zeitpunkt bleibt er dort verschlossen in Mascaren Atlan Gonozals allerprivatestem Safe.«

»Nichts anderes hätte Harxid getan.« Stalmaster und Ghamshedi von Thetaran setzten sich. Der Dagorbruder lächelte zum erstenmal seit seinem Eintreten. »Hast du nicht ein paar Drachen zu töten oder, wie es in der Legende heißt, einen Haluter bewußtlos zu würgen?«

»Ich habe für dich eine ganze hassenswerte Gruppe, Ghamshedi. Wir müssen sie nur noch finden.«

»Wir arbeiten daran, Ghamshedi«, sagte Vence Stalmaster. »Ich teile nur bedingt den Pessimismus meines Chefs.«

»Ihr Vertrauen, Vence, ehrt mich«, sagte ich.

Die HERBIG-HARO beendete die neunzigste Umrundung des Mondes. Fast die Hälfte der Crew saß vor den Monitoren, Bolometern, Empfängern, Spezialschirmen und blinkenden Batterien verschiedener Testgeräte. Seit dem Augenblick der ersten Ortung war, ohne daß an Bord irgendwelche Beobachtungen darauf hinwiesen, die Hyperenergie siebzehnmal für kurze oder längere Zeit ausgefallen. Jeanot Halveron, Kommandant und wissenschaftlicher Leiter der Mission, war sicher, daß seine Mannschaft vor der Lösung eines kosmischen Rätsels stand. Dieser Mond war, so dachte und sagte jeder an Bord – nach dieser langen Suche – eine wahrscheinlich fünfzigtausend Jahre alte Lemurer-Hinterlassenschaft.

Der Mond besaß nicht genügend Dichte und Masse, um das Schiff mit achthundert Metern Durchmesser in einem Orbit ohne Triebwerksunterstützung zu halten. Wieder tauchte hinter der Krümmung des Planetesimals die Aufwölbung auf, der ›Berg‹, von der Crew ›Mons Querelus‹ getauft.

»Mir fällt jetzt nichts mehr ein«, sagte Halveron leise. »Wir müssen raus und anklopfen. Allerdings wird uns kein überlebender Lemurer öffnen. Space-Jets und Raumanzüge, Haken, Schlingen und Sicherungsleinen.«

Bei der behutsamen Annäherung des Schiffes war nicht nur die eigentümliche Struktur der Oberfläche aufgefallen, sondern darauf eine dunkelgraue Schicht aus Strünken, Ranken, Blättern und langen Fortsätzen, die wie federnde Dornen aussahen. Auch in der Vergrößerung in verschiedenen Ausschnitten des Spektrums waren keine Bewegungen dieses Schein-Pflanzenwuchses festzustellen. Nur die Kuppe des Mons Querelus glänzte im Licht der Sterne, deren Konstellationen nur die Hälfte des Himmels ausfüllten. Jeanot Halveron deutete auf die glatte Erhöhung.

»Versuchen wir's auf dem Berg. Unter Beachtung aller Regeln. Wir werden uns mit Traktorstrahlen an diesen Mond heften.«

»Wenn es da eine Luke gibt, finden wir sie – und wenn wir die ganze Spaceflora abholzen müssen!« sagte der Erste. »Die Mondflora hat, wenn überhaupt, nur solche Eigenschaften, die unsere Geräte unbeeindruckt lassen.«

»Auch das finden wir heraus.«

Die Teams bereiteten sich gründlich vor: Die HERBIG-HARO bremste ab und verankerte sich mit drei Traktorstrahlen in der Nähe der lunaren Erhebung. Zwei Space-Jets wurden ausgerüstet und startfertig gemacht; Astronomen, einige Pioniere und Xenophysiker ließen sich von Robots in die Raumanzüge helfen und testeten die Innenversorgung.

Scheinwerferbatterien aus den Unterteilen der Jets tauchten den Mons Quereius, den Saum der Kosmoflora und die Grenzen des kraterartigen Sechsecks, in dessen Mitte sich der Hügel erhob, in grelles Licht. Auf den Vergrößerungen der Monitore zeigten sich im Ranken- und Blattwerk schwache Farben; dunkelpurpur, blau und tiefrot.

Die erste Space-Jet, besetzt mit Spezialisten, manövrierte mit schwachen Stößen der Triebwerke auf den Mond zu. Leise Kommandos und einige unterdrückte Ausrufe des Staunens erfüllten den Funkverkehr. Halveron versuchte, von der Zentrale aus alle Vorgänge zu kontrollieren, seine Blicke glitten von Bildschirm zu Bildschirm, und als die zweite Jet langsam in einer weiten Kurve zur gegenüberliegenden Seite hinüberglitt, schien er zu sehen, daß sich die seltsamen Pflanzen bewegten.

»Annäherung wird fortgesetzt.«

»Abstand dreihundert Meter ...«

Die Space-Jets schwebten von beiden Seiten auf den Hügel zu. Seine höchste Stelle überragte die Mondoberfläche nur um fünfzig Meter. Die Luken glitten auf, noch mehr Scheinwerferlicht flutete auf die Mondoberfläche; als die Landeteller der Raumflugkörper aufsetzten, zeigte sich, daß auf dem Fels entgegen der ersten Feststellungen tatsächlich eine dünne Staubschicht lag. Als sich die Handscheinwerfer der Raumfahrer auf den Saum der Gewächszone richtete, begannen die langen Dornfortsätze sich fototrophisch in den Bereich des hellsten Lichts hineinzudrehen.

Jeanot Halveron beobachtete die Anzeigen der Testgeräte. Kein Ausschlag, keine Reaktion. Die Jets standen auf der Felskruste, die Raumfahrer schwebten auseinander und landeten im Staub. Staubpartikel schwebten in die Höhe, als die künstliche Schwerkraft eingeschaltet wurde und die Raumfahrer damit anfingen, auf dem körnigen Gestein nach Anzeichen eines Tores, einer Luke oder verborgenen Einstiegen zu suchen.

»Alle Mann bis auf die Piloten auf der Mondoberfläche!«

»Hier Halveron. Verstanden. Macht weiter, Freunde.«

Drei Dutzend Gestalten entfernten mit elektrostatischen Geräten den Staub, dessen Wolken vor dem Scheinwerferlicht hochbrodelten und unendlich langsam fortschwebten. Durch die Anzüge dröhnten dumpfe Schläge. Die Zone des stumpfschimmernden Mondbodens wurde größer und dehnte sich bis zu den Gewächsen; Minuten später hörte Halveron eine scharfe Durchsage.

»Hier! Eine Fuge. Seht auf meinen Scheinwerfer.«

Das Gerät blinkte mehrmals. Einige Helmkameras richteten sich auf die Stelle. Im nackten Fels zeichnete sich ein Metallband ab, etwa so breit wie ein Raumanzugstiefel. Halverons nächster Funkspruch würde nach Q.-Center gehen; die Bedeutung des Mondes erforderte Atlans Anwesenheit.

»Ausgezeichnet!« rief Halveron. »Ich hab's euch gesagt: Wir stehen vor großartigen Entdeckungen.«

Die Angehörigen der Suchteams formierten sich entlang einer Stahlstrebe, die leicht vertieft im Gestein lag. Es dauerte nur Minuten, bis sich zufällig um eine Jet herum ein Kreis mit einem Durchmesser von rund hundertzwanzig Metern gebildet hatte. Halveron lachte leise.

»Jetzt braucht ihr nur noch den Rufknopf zu finden. Jet Alpha! Starten und auf einem Punkt außerhalb des Lukendeckels aufsetzen.«

Leicht und langsam wie eine Feder hob sich die Jet mit den spinnenbeinigen Landestützen und manövrierte an die Seite des anderen Flugkörpers. Halveron atmete tief aus und überlegte sich, ob die ausgestorbenen Erbauer dieser Anlage dafür gesorgt hatten, daß spätere Besucher den Hohlraum betreten konnten oder ob die Frauen und Männer der HERBIG-HARO als Gegner oder Feind definiert wurden. Die Zeit schien langsamer abzulaufen, während die Teams den Boden auf beiden Seiten der eingelassenen Schiene untersuchten.

»Nichts zu finden, Chef.«

Zufällig fiel Halverons Blick auf die Kosmoflora. Die Pflanzen bewegten sich, als ob schwacher Wind darüber hinweg führe. Lange Ranken krümmten sich, die dünnen Dornen richteten sich auf; das wenige Licht der Sterne und die grelle

Lichtflut der Geräte ließ helles Rot, eisiges Blau und dünne purpurne Linien entstehen. Langsam und lautlos bildete sich an der Spitze eines jeden Dorns ein blinkender Funken, strahlte und wurde größer; die Lichterscheinungen setzten sich fort, schienen entlang der Ranken weiterzulaufen, vom Rand des polartigen Hügelkreises auf die Äquatorzone zu. Im Funk überlagerten sich verblüffte Ausrufe. Wellenförmig, in schmalen und breiten Streifen, oft verzweigt und zusammenwachsend setzten sich die daumengroßen Lichterscheinungen fort, und schließlich war das gesamte Blickfeld bis zur Krümmung von Lichtern überstrahlt. Es war, als ob buchstäblich an jedem Dornende ein greller Leuchtkörper brenne.

»Man hat unseren Besuch zur Kenntnis genommen …«, sagte Halveron. Fast gleichzeitig bewegte sich die flache Felskalotte; die Raumfahrer sprangen in die Höhe und schwebten auf ihre Kameraden außerhalb des Kreises zu. Die Platte drehte sich langsam; das dumpfe Knirschen und Dröhnen setzte sich durch die Sohlen der Raumfahrerstiefel bis zu den Innenmikrophonen fort und erzeugte in den Lautsprechern der Schiffszentrale einen Baß-Dauerton. Die Teams auf dem Mond bildeten Gruppen und wußten nicht recht, wohin sie blicken sollten: auf die Millionen Lichter oder die kreisende Felsmasse? Fast sechshundert Sekunden lang drehte sie sich, dann sank sie millimeterweise tiefer, der Rundumspalt verbreiterte sich und blieb dunkel. Aus dem Raum unter der Kalotte drangen weder dampfartig kondensierende Luft oder Licht, es gab keine Temperaturunterschiede. Einige Scheinwerferstrahlen geisterten, als der riesige Verschluß, groß wie ein Hangartor der IMPERATOR, im Mondinneren versank.

»Sicher und vorsichtig eindringen!« rief Halveron. Er mußte grinsen, als er an die nächste Hyperenergiestörung dachte; wie fast jedesmal würde sie im denkbar ungeeigneten Zeitpunkt eintreten.

»Ich glaube, wir sollten uns jenseits des Lochs gründlich umsehen, ehe wir etwas riskieren«, sagte er. »Los, Leute!«

Die konvexe Riesenscheibe drehte sich, knapp eine Viertelstunde lang, siebenmal, ehe sie ›seitlich‹ wegzuklappen begann. Einige Pioniere, an dünnen Leinen gesichert, schwebten hinter dem Licht ihrer Scheinwerfer über die Kante, leuchteten in einer riesigen, würfelförmigen Höhle umher und sahen einen mächtigen Stahlträger, dessen Zahnräder, Schneckenräder und Bewegungselemente sich ohne schützende Abdeckung drehten, und der in der Mitte der Scheibe mit wuchtigen Ankern ebenso angeflanscht war wie das andere Ende im Mondinneren. Der Arm bewegte sich in einem Viertelkreis, bis die Kalotte dicht an einer Innenwand des Felswürfels anlag.

Kommandant Halveron gab, etwas ruhiger geworden, seine Anordnungen. Eine Space-Jet wurde bemannt und schwebte in den Hohlraum hinein, setzte auf, wurde verankert; binnen Sekunden stand nicht nur die Bildfunkstrecke, sondern einige Dutzend Scheinwerfer beleuchteten die vier Steinwände der Schleuse oder des Hangars.

Nacheinander folgten die Raumfahrer, durch Sicherungsleinen verbunden, schwebten im Vakuum der kubischen Mondhöhle hin und her und verständigten sich leise. Die Felswand, die der runden Öffnung gegenüberlag, war in zahlreiche Rechtecke und Quadrate eingeteilt; je deutlicher die Einzelheiten wurden, desto sicherer waren die Pioniere und Astronomen, daß sie sich in einem Kunstmond der Lemurer befanden. Die Formen und der Stil glichen anderen Funden der Vergangenheit.

Große Stahlflächen voller Griffe und Hebel, halbkugelige Vorsprünge und Geländer, Rampen und Stege waren in die Felswand eingelassen. Die Raumfahrer warfen bizarre Schatten auf den rauhen Stein und das glatte Metall. Halveron sagte sich, daß diese Station der geschichtlich bedeutungslos gewordenen Tamräte der Ersten Menschheit auf keinen Fall energetisch tot war. Er hielt Atlans Theorie, daß ein ›kosmischer Wackelkontakt‹ der Grund für die Energieausfälle war, für wahrscheinlich. Er war nicht überrascht, als eine laute Stimme meldete:

»Hier Agamer Singh, Pionierteam. Wir haben Leuchtanzeigen gefunden. In der Mitte der Wand.«

»Sendet uns die Bilder in die Zentrale.«

Brachte man in der Schwerelosigkeit des Alls und im Inneren des Schleusenhangars in eine gedachte Relation zur Waagrechten und Senkrechten, ergaben die stählernen Rampen und Kanzeln einen Sinn: Die Raumfahrer standen sozusagen vor der Vorderwand eines Eintrittsbauwerks. Zwischen zwei Portalen, jeweils zehn Quadratmeter groß, befand sich, vertieft im Fels, ein Schaltpult, von einer ehemals transparenten Platte geschützt. Das glasartige Material war milchig geworden und zeigte Auskristallisationen, ließ sich aber leicht nach oben klappen und arretieren.

»Auch nicht viel anders als in Quinto-Center«, murmelte jemand. Schalter und Knöpfe waren zwischen stumpfen kleinen Monitoren und anderen Dingen eingebaut, die wie dunkel glimmende Leuchtfelder aussahen. Die Vergrößerung schwankte sekundenlang auf dem Hauptmonitor der Zentrale. Halveron versuchte sich an Expeditionsberichte zu erinnern und studierte einige Zeit halb ratlos die Anordnung der beweglichen Elemente. Schließlich räusperte er sich.

»Fangt links an, die abgewetzten weißen Schalter«, sagte er. »Langsam. Einen nach dem anderen.«

Die erste Schaltung bewirkte, daß in sämtlichen Winkeln zwischen ›Wänden‹ und ›Decke‹ breite Lichtbänder zu glimmen begannen. Bis auf wenige Unterbrechungen, deren Anlagen im Lauf der langen Zeit ausgefallen zu sein schienen, schwoll das Leuchten an, und wenige Minuten nach der Schaltung war der Kubus ausreichend hell ausgeleuchtet.

»Weiter.«

Nach und nach belebte sich die riesige Wand mit verschiedenfarbigem Licht; deutlich sahen die Eindringlinge die Rampen, Geländer, unzählige Ringe und Klammern, an denen Dinge festgeklinkt werden konnten, massive Krananlagen und Beleuchtung um Luken, Türen und Portale. Eine Stunde dauerte es, bis sich drei Pioniere durch eine Türanlage wagten, die von einer der letzten Schaltungen aktiviert worden war. Die Felswand war mehr als drei Meter dick. Eine Schleusenanlage aus halbdurchsichtigem Material schloß sich an, und als die Männer zögerten, weiterzugehen, öffneten sich weitere Türen. Im Bereich jenseits der Schleusen schalteten sich in langen Abständen Lichter an; schwebende Roboter dokumentierten jeden Vorgang.

»Halt«, sagte Jeanot Halveron. »Wir wollen nichts riskieren. Ein Teil des Teams fliegt ins Schiff zurück. Die Angelegenheit seh' ich mir aus der Nähe an. Wartet auf mich.«

Er nickte dem Ersten zu; sie grinsten einander kurz an.

»Bereite einen Rafferspruch ans Hauptquartier vor. Wir strahlen ihn ab, wenn ich wieder zurück bin. Machen wir dem alten Arkoniden eine kleine Freude.«

»Geht in Ordnung, Chef. Bildbericht?«

»Ja. Aber erst, wenn wir noch mehr Informationen haben.«

Halveron verließ die Zentrale, zog seinen Raumanzug an und glaubte zu wissen, daß der Aufenthalt der HERBIGHARO im Raum zwischen den Triangelsonnen noch lange dauern würde.

Bewiesenermaßen gaben Anlagen der Ersten Menschheit ihre Geheimnisse und Überraschungen nur zögernd preis. Er wollte weder ein Mitglied des Teams noch das Schiff gefährden; sie hatten genug Zeit, zu untersuchen und zu forschen. Der Mond war riesengroß im Verhältnis zu einigen Dutzend wissensgieriger Pioniere und Forscher; Atlan, als Hoher Tamrat, sollte selbst in den Mond eindringen. Er hatte die meisten Chancen.

7.

Den Nachmittag hatte Raivis damit verbracht, sich in Orbana City umzusehen und einen kleinen Gleiter zu mieten. Terry Demolution, versteckt am Armaturenbrett, unterhielt sich mit Horneth über Mikrophon und Ohrlautsprecher; ein Funkgespräch mit der Siganesin im Laden von Cyram Morsh hatte ergeben, daß sie es mühelos bis morgen nacht aushielt, ehe Horneth sie abzuholen brauchte. Sie sei einer wichtigen Information auf der Spur. Nach einem Flug über der Umgebung Orbanas parkte er den Gleiter abseits des Eingangs zum Selbstmordcolosseum.

»Willst du mitkommen, Terry?« Er schaltete die Maschine aus. »Oder versteckst du dich in der Stahlschachtel?«

»Ich komme mit, Smiler. Dieses Etablissement scheint von besonders makabrem Reiz zu sein.«

Horneth wartete, bis Terry in der getarnten Zigarrenbox verschwunden war. Terry hatte freien Ausblick, auch für die Kameras. In seinem linken Ohr hörte Horneth:

»Dahlenar wartet in der Bar auf dich. Ihr trinkt, eßt und bummelt? Und ich soll mich so lange umsehen?«

»Dafür bist du und deinesgleichen eingestellt worden.«

»Muß ich dir erklären, wie ungerecht das Universum ist? Ruhe jetzt – man unterstellt Menschen, die Selbstgespräche führen, bedauerlich krankhaften Mangel besserer Partner.«

Er nahm das winzige Gerät aus dem Ohr und schob es in die Hosentasche, bevor er Eintritt zahlte und sich zwischen aufgeregten Besuchern ins Colosseum hineinschieben ließ, von Lärm, Musik und exotischen Gerüchen eingefangen und umhüllt.

Dahlenar trank Champagner. Bisher hatte Horneth das Gespräch vorsichtig gesteuert und betont sachlich über Gerüchte gesprochen, die von Gästen Zirkons aus allen Teilen der Galaxis ausgestreut worden waren: man munkelte über Gefahren aus der Vergangenheit, die auf die wichtigsten Persönlichkeiten im Bereich des Imperiums zielten: Mory Rhodan-Abro, Perry Rhodan, Homer G. Adams oder den alten, überall wenig beliebten Arkoniden Atlan, der als Paladin der Menschheit galt und als Schirmherr Terras, als Nothelfer Rhodans und als Kämpfer, an dem kein Feind der Menschheit vorbeikam.

»Und, bei aller Antipathie – ich liebe keinen von denen –, sie sind für viele Planeten so etwas wie eine Garantie für minimale Ordnung und die Befolgung sinnvoller Gesetze.«

Er hob das Glas und ließ den einzigartigen, nach einem Hauch Zitrone riechenden Duft wirken. Dahlenar trug ihr Haar offen bis tief in den Rücken.

»Du fliegst in vier Tagen. Haben wir noch drei Nächte?« fragte sie leise. Er nickte und zeigte auf das Ufer. Das Restaurant-, Bar- und Spielbankschiff H. H. BUESHLER, hellerleuchtet und fast geräuschlos, fuhr in die Mündung der Chylamassa ein.

»Wir haben drei lange Nächte«, sagte er. »Und wenn deine rüden Vorgesetzten den Urlaub bewilligen, auch zwei Tage. Hat dir ein Siganese einen unsittlichen Antrag gemacht?«

Sie schüttelte lächelnd den Kopf und trank hastiger als bisher.

»Kennst du Antis? Diese seltsamen Männer, die sich Báalol-Priester nennen? Schwarze Kleidung, braune Haut, eine Ausstrahlung, die einem Gänsehaut, Schweißausbrüche und Psychoschocks gleichzeitig verschafft?«

Horneth zuckte innerlich zusammen, aber rührte keinen Muskel und sagte: »Akonenabkömmlinge. Auf Zirkon hab' ich, vor Jahren, zwei von ihnen gesehen. Ich glaube, der Volksmund übertreibt. Wollten sie im Colosseum einen Tempel einrichten?«

»Sie waren im Büro und haben sage und schreibe drei Milliarden Solar in bar abgeholt. Stimmt es, daß sie hypnotische, suggestive und telepathische Fähigkeiten haben?«

»Sagt man. Sie sollen ein wehrloses Bewußtsein in eine Scheinwelt versetzen können. Drei Milliarden? Man sagt, daß sie auf Arkonplaneten ihre Macht ausbreiten wollten oder noch dabei sind. Und von ihnen hast du dich belästigt gefühlt?«

Sie griff mit beiden Händen nach seinem Handgelenk und nickte.

»Ich bin ganz sicher, daß ich minutenlang … nicht bei Bewußtsein war. Nachher war ich ganz leer, als hätte einer von ihnen in meinem Bewußtsein herumgesucht. Sie sind Telepathen, nicht wahr?«

»Nur, wenn sie sich zur Anwendung von Psikraft zusammenschließen.« Horneth nickte, hob die Schultern. Seine Gedanken wirbelten: drei Milliarden. Drei Doppelpakete Stigmaviren-Züchtungen. Hatten sie in Dahlenars Verstand nach ihm, Horneth, gesucht, weil er Viren gekauft hatte? Glücklicherweise wußte sie nichts; er hatte nichts preisgegeben. Zirkon? Es war, als kämen Mosaiksteinchen aus allen Seiten herbeigeschwirrt und klirrten magnetisch zu einem Bild gegeneinander. Báalols gehörten zu jenen, die Atlan mit ihrer Rache verfolgen würden; ihnen traute nicht nur Atlan den großräumigen und perfekten Aufbau von Assassinen-Gruppierungen zu. Wohlig rann der rauchige Alkohol über seine Zunge. Er hob den Kopf und wies mit dem Kinn auf Il Pontoy, auf dessen Anlegeplatz das Schiff zusteuerte.

»Man sagt, sie hätten telepathische Fähigkeiten. Eigentlich nennt man sie ›Antimutanten‹. Aber das weiß ich auch nur aus Lesechips.« Er lächelte. »Sicherlich haben sie nur gewohnheitsmäßig jeden in ihrer Umgebung überprüft. Sie sind auf Lepso so fremd wie das Märchen vom weißen Marschiereviel.«

»Ich hab' mich gefürchtet, Raivis, ehrlich.«

»Das glaub' ich dir.«

»Ich hab' die Quittung ausgeschrieben und die Safeprogrammierung bedient. Einer der Schwarzen hieß Diolais Trahir. Er muß uralt gewesen sein und – er war bösartig. Sie haben eine Art Küraß getragen, doppelwandig, für Brust und Rücken. Darin haben sie die Geldbündel verstaut. Bei der Unterschrift hat Trahir, ich bin sicher, den Stift nicht berührt. Da, sieh!«

Sie streckte ihm die Arme entgegen. Die Haut war rauh, die winzigen Härchen hatten sich aufgestellt. Horneth kannte den Namen von Atlan, von den Mooffs; ein Konklaveteilnehmer. Er war alarmiert, leerte nachdenklich das Glas und lächelte aufmunternd. War es Glück, Zufall oder klare Absicht? Hatten tatsächlich Anti-Báalols Stigmaviren geliefert und verkaufen lassen? Wohin flogen sie? Konnte er den Reiseweg herausfinden?

»Ich sehe die Furcht in deinem Gesicht, Dahlenar«, sagte

er ernst. »Vergiß die Scheusale. Wir setzen uns wieder in den Baumbaum, trinken Mokka, und ich werde mit leisen Worten deine Angst wegsprechen.«

Sie setzte das Glas hart auf und flüsterte: »Warum hab' ich dich nicht früher getroffen?«

»Weil du nie nach Zirkon geflogen bist.« Horneth lachte leise und zog die Brieftasche. Der Ober legte die Rechnung vor. Horneth gab reichliches Trinkgeld; das Essen und die Unterhaltung während der fünfstündigen Rundfahrt waren exzellent gewesen. Hand in Hand verließen sie das Schiff, gingen zurück zum Rand der Altstadt und schwebten in die Krone des Baumes hinauf, um starken terranischen Mokka zu trinken.

Dahlenar lag ausgestreckt auf dem Satinlaken, die rechte Hand unter der Wange, das lange Haar über das Kissen ausgebreitet. Raivis betrachtete sie schweigend; Mondlicht schimmerte auf ihrer Haut. Er dachte an Atlans Todfeinde, die in seinem Verständnis und aus seiner langen Erfahrung ebenso Feinde der USO, der SolAb und des Imperiums waren. Zirkon würden sie in Ruhe lassen, aber er brauchte sich nicht erst vorzustellen, wie leicht es war, zwei Brutbehälter nach Terra zu schaffen – er wußte es. Die Antis strebten unter dem Deckmantel ihrer Religion nach der galaktischen Herrschaft: zuerst das Erbe der Akonen, dann das Imperium, schließlich die verstreuten Planetengruppen. Das Basisgift Elixier Felicitas und sämtliche Derivate – es paßte zu ihrer Strategie. Für eine Ampulle des Ara-Langlebigkeitsserums (U-LF 54/X-1076 lautete die damalige Bezeichnung) würde jeder Anti persönlich zum Massenmörder.

Horneth schob das Kissen in seinem Nacken und den Zellaktivator auf der Brust zurecht, lehnte sich gegen das kühle Wildleder der Wandbespannung und lockerte die dünne Kette des Aktivators im Nacken. Das Gerät, das langes Leben und Gesundheit garantierte, hatte sich als Teil seiner Maske in eine Götzenfratze aus Metallguß verwandelt; der Zirkonolympier zeigte das gleiche kühle Grinsen wie Tekener. Er sah durch die weit geöffneten Terrassentüren auf die Lichter des nächtlichen Orbana. Zusammen mit Aras, Springern, Blues, unzufriedenen Arkoniden von ARK'ALOR und machtgierigen Terraabkömmlingen zählten die Antis eindeutig zu einer Gefahr für das zerbröckelnde Imperium und dessen Zentralwelt Terra. Horneth stand lautlos auf, zündete sich eine dünne, helle Zigarre an und setzte sich, nachdem er eine Decke aus synthetischem Geopardenfell über Dahlenar gezogen hatte, vor die Terrassentür. Der Rauch zog ins Freie ab. Auf einem Wandbord glühte ein würfelförmiges Hologramm, das Dahlenars arkonidische Freundin Marlaroyce zeigte. Horneth hörte ein Wispern und schob den Lautsprecher ins Ohr.

»Du brauchst nicht zu antworten, Langer.« Terry Demolution sprach irgendwo in der Finsternis in sein Funkmikrophon. »Ich suche seit vier Stunden. Deine Gefährtin scheint eine hervorragende Fachkraft, aber unverdächtig zu sein. Es gibt nicht den winzigsten Hinweis darauf, daß sie auf dich angesetzt wurde, oder daß sie mit Jammum oder Schlimmeren zusammenarbeitet. Nichts zu finden. Vielleicht spielt sie besser als du, Smiler. Bis zum Hotel ist's nicht weit. Ich mach' mich unsichtbar und flieg' zum Käfig. Einverstanden?«

Horneth zeichnete mit dem glühenden Ende der Zigarre das ›Einverstanden‹-Zeichen in die Dunkelheit und spürte, als der Siganese an seinem Gesicht vorbei zur Terrasse hinaussummte, nur einen Lufthauch. Er versank wieder in düsteren Gedanken, die um die unerledigten Großprobleme der gegenwärtigen kosmopolitischen Lage kreisten.

Dreihundert despotische Fürsten auf vier Triangelplaneten. Die Vorräte von Blues-Rauschgift, das seit Atlans IMPERATOR-Einsatz und dem Embargo im Imperium versteckt waren. Stigmaviren und tödliches Spielzeug, womöglich voll eingekapselter Sporen. Terras Finanznöte und der Wiederaufbau, der Energien, Einfallsreichtum und Geld erforderte. Die herrschende Tendenz vieler Welten, sich aus der Umarmung des Imperiums zu befreien. Erst ein Teil dieses Spinnennetzes war sichtbar geworden, die Muster eines kleinen

Teilstücks waren erkannt. Dazu kamen nichtentdeckte IV-Vecorat-Opfer, die irgendwo machtpolitische Spiele trieben, und eine unbestimmte große Zahl Hydra-Assassinen, jene Menschen, die sich als willige Opfer des Báalol-Kults anboten ... und so, dachte Horneth, schloß sich ein Kreis.

Die Stunden und Tage waren rasend schnell vergangen; sechs Stunden vor seinem Abflug saßen Horneth und Dahlenar unweit des ›Bougainvillea‹ in einem Uferrestaurant am Fuß des Il Pontoy. Gepäck und Vogelkäfig waren an Bord, im Safe der Kabine befanden sich die fraglichen Behälter. Dahlenars Blicke gingen zwischen dem Aquarium und dem Käfig hin und her; faustgroße Vögel zwitscherten und pfiffen melodische Strophen. Die plumpen Fische entließen aus ihrem Maul Luftblasen, die durchs Wasser strudelten und sich an der Oberfläche in schillernde Kugeln, wie Seifenblasen, verwandelten, die von der heißen Luft über dem Grill davongetragen wurden und platzten.

»Keinen Widerspruch.« Dahlenar hob das Glas. Ein Sonnenreflex brach sich im hellen Wein. Die Lepsoterin hatte wieder *Meláncolique sans frontiéres* aufgetragen. »Ich bring' dich zur VINCI. Du hast mich mit drei Tagen Urlaub verwöhnt, Raiv.«

»Ich werde mich noch dicht vor der Agonie an jede Stunde mit dir erinnern.« Klirrend fiel seine Fischgabel vom Teller. »Auf Zirkon werde ich dich verwöhnen.«

»Überredet, Raivis.«

Sie hatten *Pescoy Esqalipoor* gegessen, mächtige gegrillte Scheiben eines lepsotischen Schwertfisches mit einem Salat aus Algen, Tang und Zitronengräsern. Der Gehilfe des Grillers schob zwischen Speckwürfel gefüllte, zusammengenähte Vögel auf den Bratspieß. Die Weinkaraffe war halb leer. Ein Schwarm regenbogenfarbiger Blasen schwebte hoch, Fett zischte in der Holzkohle des Grills, als der Koch die Fischhälften drehte. Horneth verteilte den Rest des Weines in ihre Gläser.

»Wann?«

»Nächstes Jahr? Nicht kürzer als einen Terra-Normmonat. Im Zeitalter galaxisweiter Hypergramme werden wir mühelos voneinander erfahren«, sagte Raivis. Das Erlebnis mit den Antis schien vergessen, aber er wartete auf den Start des Schiffes und einen langen Bericht des siganesischen Teams; bisher kannte er nur Andeutungen. »Von diesem Urlaub wirst du für den Rest deines Lebens träumen.«

»Ich würde dir gern glauben«, sagte sie und drehte das Glas in den Fingern. Aus ihrem Gesicht sprachen Skepsis und der vage Wunsch, belogen zu werden. »Uns trennen viele Monate und galaktischweite Abgründe.«

»Ich bin nicht mehr der Jüngste, wie du gemerkt haben wirst«, erwiderte er fast schroff. »Ich habe in all den beschwerlichen Jahren noch nie ein Versprechen gebrochen. Auch wenn's mitunter schwer fiel.«

»Überredet. Ich glaube dir. Nächstes Jahr auf Zirkon?«

»Auf Gigantoosa Island, im Hotel, das ich leite; wieder einmal läuft uns die Zeit davon.«

Horneth zahlte, sie leerten die Gläser und bekamen kleine Andenken an den Nachmittag: zierliche Vögel und Fische auf eine Nadel aufgespießt und mit Lepsofähnchen verziert. Dahlenar steuerte den Gleiter durchs Gewirr enger Gassen auf die Piste zum Raumhafen und parkte vor dem gläsernen Terminal. Die mächtige D. VINCI stand auf dem Flugfeld, nicht in einer Landegrube. Dahlenar lehnte sich an Raivis und deutete auf die goldfarbenen Lettern über dem Ringwulst.

»Es waren schöne Tage, Raiv, und herrliche Nächte. Wir sehen uns auf Miracle-of-Gigantoosa-Island? Bevor ich anfange, mich darauf zu freuen …«

»Ich kann den Tag nicht garantieren.« Er bemühte sich, nicht erkennen zu lassen, wie eilig er es hatte; der Besitz von Stigmaviren-Züchtungen machte ihn unruhig. Er strich über ihre Wange. »Nächstes Jahr schwimmen wir im azurenen Wasser über weißem und goldenem Sand, im Rugiadischen Ozean. Wir haben die Adressen ausgetauscht.«

»Meer des Taus«, flüsterte Dahlenar. »Wie romantisch.«

»Der entsprechende Platz für dich.«

Sie küßten sich; Dahlenar wollte seine Hände nicht loslassen. Sie tastete mit Blicken ihrer Augen sein Gesicht ab, als ob sie nach Zeichen seiner Lüge oder Gelangweiltheit suchte, dann lächelte sie, drehte sich um und ging langsam zum Ausgang. Horneth wartete und winkte. Er beruhigte sich erst, als er im Wohnraum der Kabine den Safe öffnete, die versiegelten Transportbehälter sah und im Interkom hörte, daß die D. VINCI in fünfundvierzig Minuten startete.

Auf dem breiten Sandstreifen um den künstlichen See der Quinto-Center-Erholungslandschaft herrschte Schwerkraft von 0,8 g. Cyriell und ich liefen unter dem bräunenden Licht der Solarlampen mehrmals um den See, schwammen eine halbe Stunde lang und streckten uns keuchend auf den heißen Schiefer- und Sandsteinblöcken aus. Im riesigen erratischen Block, Sedimentgestein eines unbekannten Planeten, traten dunkle Versteinerungen von Tieren hervor, die vor Millionen Jahren irgendwo in der Galaxis gelebt hatten; als ich den Kopf drehte, blickte ich in die Augen eines eulenartigen Vogels. Er starrte mich herausfordernd an, wie ein hungriger Nachtjäger, der sich auf große Insekten stürzte. Ich hob die Schultern, begann mich abzutrocknen und faßte einen Teil meiner Gedanken zusammen.

»Selbstverständlich wurde nach den Massakern auf Navander und Woodlark sofort Alarm gegeben. Die SolAb erfuhr soviel, wie wir wissen. Obwohl es sich bei diesen Planeten um exotische Welten handelt, zittert man dem nächsten Angriff entgegen.« Ich seufzte und griff nach der Sonnenschutzcreme. »Aber wie soll man tausend Planeten schützen? Niemand weiß – außer den Menschen auf Terra –, ob es ihre Welt trifft. Und je länger man wartet, desto mehr läßt die Aufmerksamkeit nach. Ich wußte es auch ohne die Mooffs – kein Planetarer Rat weiß etwas oder kennt gar das Ziel.«

Am gegenüberliegenden Ufer schnellte sich ein Mann vom Sechsmeterbrett und pflügte durch die künstlichen Wellen auf die Felsgruppe unter den Palmzedern zu. Cyriell verrieb

Creme zwischen meinen Schulterblättern und murmelte in mein Ohr.

»Jeder Planet kann betroffen sein. Haben deine Wissenschaftler herausgefunden, ob für die Insektenzüchtungen irgendwelche Mücken oder Wespen verwendet wurden, oder solche, die auf den betroffenen Welten endemisch sind? Es besteht eine Reihenfolge abnehmender Wahrscheinlichkeit, nicht wahr?«

»Auf solche Informationen warte ich noch. Der gesamte Komplex ist Chefsache. Terra ist in der Reihe wahrscheinlicher Aggressionen ganz oben.«

»Rechnest du damit, daß die Erneuerer auf mehreren Planeten gleichzeitig zuschlagen werden?«

»Ja. Damit muß ich rechnen«, sagte ich. »Aus langer Erfahrung wissen wir, daß diese Syndikate über eine interne Logistik verfügen, die mitunter verblüffend ist. Mit einer Handvoll fanatischer Anhänger greift niemand die Erde an. Das tun nur Buccaneers auf Maditloos, die im letzten Gefecht etwas Romantisches sehen. Die USO-Biopositroniken haben eine hohe Wahrscheinlichkeit für Welten wie Terra errechnet.«

Aus den Wellen tauchten Ronald Tekeners Kopf und Schultern auf. Er schwamm zum Ufer, richtete sich triefend auf, winkte und lief auf uns zu. Die langsame Veränderung von Raivis Horneth zu Tekener ließen ihn fremdlich aussehen; er verwandelte sich nur langsam in den Smiler zurück. Tekener setzte sich in den heißen Sand und sagte:

»Alles ist außerordentlich sorgsam und wunderbar gefügt, Sir. Selbst der Zufall ordnete sich unseren Sorgen unter. Ausnahmsweise einige gute Neuigkeiten. Gut für die USO, nicht für die anderen. Da wäre zuerst das gesellschaftliche Leben Orbanas ebenso zu loben wie dessen Nachtleben. Können Sie etwas mit einem Springer-Terraner anfangen, der nachweislich Noah Ahab Revenge heißt?«

»Der Begriff Noah sollte selbst Ihre Allgemeinbildung nicht überfordern. Ahab ist der einbeinige Moby-Dick-Käpten Melvilles, und die REVENGE wurde von Sir Francis Drake befehligt; ich kannte ihn, damals. Klingt nach Buccaneer, ja?«

»Wenn unsere Schätzungen zutreffen, haben wir den letzten klassischen Nicht-Blues-Buccaneer gefangen. Das Schiff hängt draußen vor Quinto-Center.«

»Doch nicht etwa die COSMOSHARK, Ronald?«

»Dieselbe. Allerdings fehlen einige Buchstaben, die während gewisser Kampfhandlungen weggebrannt wurden. Also die – lachen Sie nicht – OSMOSE K. Der Kapitän wartet in den feuchten Verliesen der Zentralkugel auf Ihr Verhör. Ein Typ ganz nach Ihrem Geschmack, Sir.« Wieder dieses kalte Grinsen. Ich wechselte mit Cyriell einen langen Blick und sagte:

»Ausgerechnet Sie müssen reden! Was haben OSMOSE und Kapitän Revenge mit Orbanas Nachtleben zu tun?«

»Dieser Francis Drake für Arme geriet in Orbana in einen Nachtclub, dort war er von einer Schönheitstänzerin derart entflammt, daß er ihr, trotz ihrer moralisch einwandfreien Absage, ein Vermögen für eine Liebesnacht bot. Sie hat zumindest die Anzahlung kassiert, erfuhr seinen Namen, den des Schiffes, einen Teil der Warenlisten und, im Zustand steigender Berauschtheit, den Flugauftrag samt Zielkoordinaten. Als die OSMOSE jenseits von Firing in den Linearraum ging, folgten ihr unsere Schiffe mit emsig summenden Halbraumspürern. Der Rest ist eine Erfolgsmeldung der Einheiten GROUNDHOG, BRASSTIGER, VIRIBUS UNITIS und SPACELORD.«

»Sie sind noch nicht fertig.« Jetzt grinste ich. Er schüttelte den Kopf.

»Mir liegt daran, nächstes Jahr oder früher einer entgegenkommenden jungen Dame ein Geschenk zu machen. Vier Wochen Zirkon. Deren beste Freundin ist bewußte Schönheitstänzerin; eine Bekannte eines Freundes des dicken Puppenmachers.«

»Marlaroyce von Ariga«, sagte Cyriell. Ronald Tekener starrte sie mehr als überrascht an.

»Das ist sie. Etwa eine von uns, Sir?«

»Eine von uns Dagoristas, eine junge Aqoloothin«, sagte ich und versuchte mich zu erinnern, ob ich sie auf Starjoy getroffen hatte. Nein. Ich kannte nur ihren Namen aus den Listen der Eingeladenen. »Nein, keine Spezialistin. Sie genießt ihre Lehr- und Wanderjahre; auch Dagor-Aqoloothen wissen, daß ich von Informationen lebe. Wegen des Urlaubs sprechen wir, nachdem ich Ihre Spesen kontrolliert habe, Ronald. Haben Sie alles Notwendige veranlaßt?«

»Da ich ahne, daß Revenges Ziel etwas mit den Teilnehmern des Konklave, den Stigmaviren, dem Massakerspielzeug und Schlimmerem zu tun hat, bin ich nicht tatenlos geblieben. Alles arrangiert, Sir. Trotzdem: Wir sollten uns schnell Klarheit verschaffen. Ich schwimm' noch eine Runde ... in zwei Stunden, unten, in der Ermittlungsabteilung?«

»Genau dort«, sagte ich. »Ich werde wohl über Rechenfehler in der Spesenabrechnung großmütig hinwegsehen.«

»Ihr Wohlwollen ehrt mich, Sir. Nach dem Verhör zeige ich Ihnen die Ladung: Sie werden staunen und erschrecken.«

Von den vierzig Frauen und Männern der COSMOSHARK-Besatzung befanden sich neun in Quinto-Center. Elf hatten sich kurz nach der Festnahme selbst umgebracht. Eine erste, schnelle Untersuchung zeigte die Hydra-Tätowierung unter ihren Zungen. Der Logiksektor flüsterte: *Ein Beweis und ein Hinweis auf seltsame Verbindungen, Atlan: Hydra-Assassinen in Buccaneerschiffen? Wenigstens in diesem Schiff. Suche die wahre Bedeutung!*

Die ›Matrosen‹ waren unterwegs nach Beseler. Acht Männer, die ›Offiziere‹, wurden in getrennten Räumen von meinen besten Spezialisten verhört, mehrere Teams und Spürroboter durchsuchten das 200-Meter-Schiff, das an zwei USO-Kreuzern weit von Quinto-Center angedockt hatte. Ich blieb nur solange in meinem Büro, bis Cyriell und ich die Bilder und einen Teil des Dossiers durchgesehen hatten; Aussehen, Lebensläufe und Verhalten der Piraten entsprachen der Erfahrung, die ich während meines kurzen Piratendaseins in Maske gemacht hatte. Jenseits von jedem Romantikbegriff waren die meisten Starbuccaneers und Flibustiers gewissenlose Betrüger, Schurken und Mörder – die

›Matrosen‹ ebenso wie die ›Offiziere‹. Ich löschte die Hologramme und sagte:

»Noah Ahab Revenge also. Aussehen und Namenskombination versprechen einen interessanten Dialog. Gehen wir.«

Der Gefangene war versorgt worden; in den Getränken befanden sich willensbeeinflussende Drogen. In seine Atemluft wurde psychogenes Gas gemischt, dessen Partikel die Wirkung der Psychostrahler unterstützte. Ahab Revenge saß, von Fesselfeldstrahlen festgehalten, in einem einfachen Sessel, von Scheinwerfern angestrahlt; er schien seine Gefangennahme ohne Schäden überstanden zu haben und trug eine Miene heiterer Gelassenheit zur Schau. Er schien auch das telepathische Forschen der Mooffs nicht zu spüren. Ronald Tekener saß im Halbdunkel des Verhörraums; Cyriell und ich setzten uns gegenüber des Gefangenen an den Tisch.

Ich glaubte mich um einige Jahrhunderte in die terranische Geschichte zurückversetzt. Noah Ahab Revenge trug einen perlenbestickten Anzug aus Leinen und Leder, kniehohe weiche Stiefel und breite Armbänder; sein weißes Haar mit einigen schwarzen und silbernen Strähnen hing weit und glatt über die Schultern, ein spitz zulaufender weicher Bart reichte bis zum Brustbein. Revenge erkannte mich, schien kurz zu erschrecken, schüttelte sich und nickte mir zu. In terranisch gefärbtem Interkosmo, mit dunkler, selbstsicherer Stimme sagte er:

»Admiral Atlan! Also haben wir unsere Breitseiten auf einen Doppelgänger abgefeuert! Mir scheint, ich bin der letzte gestrandete Vitalienbruder, wie?«

»Ahoi. Die Admiralität hat Ihren Windjammer und seine Crew an die Kette gelegt.« Ich ging auf seinen Tonfall ein. »Achteraus liegt ein Leben voller Verbrechen, Revenge. Sie sitzen fest, gestrandet auf Ihrer letzten Untiefe.«

»Scheint so. Wir haben uns gewehrt wie die Teufel, mit weit offenen Stückpforten. Aber Ihre Schiffe haben mich aufgebracht, sie waren besser. Und zahlreicher. Schätze, daß die COSMOSHARK abgetakelt wird, wie?«

»Scheint so. Sie sind über Kopf gegangen, Kapitän Revenge. Sie haben zuerst Stückgut auf Lepso geladen und im All vor Firling die Laderäume mit Schüttgut gefüllt. Von welchen Schiffen, welchen Eignern?«

»Nun, das war so.« Ahab Revenge strich durch den Bart, zuckte mit den Schultern und machte eine ausschweifende Geste. Sein Widerstand schien völlig zusammengebrochen, aber ich glaubte zu spüren, daß es ihm gleichgültig war. Er hatte wenig Chancen, uns anzulügen. Dennoch blieb ein Rest einer seltsamen Empfindung. Ich bevorzugte unbarmherzige Verhöre zwischen Richter und Delinquenten. Ein Monitor am Tisch flammte auf, ein Spezialist grüßte; ich drückte das Tastfeld ›Meldung ausdrucken‹ und nickte ihm zu. »Wir haben da gewartet und leider keinen Freihändler gekapert, es waren alle Mann an Deck, als die Springerwalze längsseits ging. Ziemlich kalmes Manöver. Wir haben im Hafen nur Container gebunkert, mit Nummern. Und reichlich Solar dafür bekommen, meiner Treu. Dann haben wir einen Hart-am-Wind-Kurs von Lepso zum Treffpunkt abgesetzt.«

»Welche Springerwalze?«

»Die NIPAAM I.«

»Und woraus bestand das Schüttgut? Welches Ziel?« Ich zog die ausgedruckte Meldung aus dem Schlitz und las: Die Laderäume waren voller Spielzeugelemente. Einige zehntausend Tonnen.

»Kinderspielzeug, Admiral«, sagte er. »Scrimshaw, Buddelschiffe, Fancywork, Würfelchen und anderer Plastikkram.«

»Das Ziel? Gab es ein Datum für den Landfall?«

»Kurs auf Terra, natürlich. Man wollte Tag und Stunde genau bestimmen; die Auftraggeber ließen uns wissen, daß sie zu jeder Stunde wüßten, wo die COSMOSHARK gerade dümpelt. Wir wären nur ein Vollschiff von vielen.«

»Und wer ging mit der Container-Ladung längsseits?«

»Ein feines Vollschiff. Neunhundert Fuß Durchmesser. Kein Name, keine Zahlen, nur Robots haben die Ladung gelöscht bis in die Bilge. Ein Schlattenschammes, ein Kerl mit schwarzem Helmvisier, brachte die Geldkiste. Das war's, aye, aye.«

»Und dann haben Sie alles über dem Kiel festgezurrt und hätten sich auf dem wahren Kurs nach Terra aufgemacht?«

»Aye. So war das.«

»Wohin soll die HAIFISCH des Kosmos die Container bringen?«

»Zu einer namenlosen kleinen roten Bojensonne. Eine andere Galeone sollte die Container übernehmen und nach Sirbis schaffen.«

»Sie haben die Koordination dieser kosmischen Boje?«

»Habe ich. In meiner Seemannskiste. Liegt irgendwo backbord voraus in der galaktischen Brackwasserzone. In der öden Grenzmark.«

»Sie haben auch den genauen Zeitpunkt, Buccaneer?«

»Hab' ich auch.« Er nannte mir das Datum, ich notierte es und begann zu überlegen. Zwölf Tage! Tekener winkte und gab mir Zeichen. An den Begriff ›Sirbis‹ erinnerte ich mich nicht. Revenge spreizte die Finger und schob sein Haar in den Nacken, trank Fruchtsaft und verhielt sich, als würden wir Artigkeiten von Bordwand zu Bordwand austauschen. Die Drogen hatten seinen Realitätsbezug stark eingeschränkt. Ich las weitere Meldungen und wußte, daß Tekener ebenso wie ich die furchtbare Wahrheit erkannt hatten: Terra war das nächste Ziel der COSMOSHARK und anderer Schiffe gewesen. »Ich bin ja nun sozusagen von Bord gegangen, Admiral; welchen Rang in der stellaren Nautik bieten Sie mir an?«

Ich schlug verblüfft sein Dossier auf. Bevor er zu den Starbuccaneers stieß und sich dort zum Kapitän und Besitzer eines eigenen Schiffes heraufdiente, von Kaperflug zu Kaperflug, unterbrochen von zahlreichen Überfällen und wagemutigen Transportflügen, war er tatsächlich Kapitän eines Küstenseglers gewesen, im Wasser eines wirklichen Ozeans. Ich grinste kalt und sagte:

»Sie haben endgültig Ihre letzte Heuer vertrunken und verspielt und abgemustert. Die Planken eines Schiffes werden Sie nie mehr betreten, auch nicht als blinder Passagier. Man wird Sie auf dem Strafplaneten kielholen und lange dümpeln lassen. Bartlos, mit kurzem Haar werden Sie von Elmsfeuern, Tsunamis und dem Gesang der Sternenwale träumen.«

»Auch auf Beseler gibt's Wasser. Wo Wasser ist, sind Schiffe.« Er lachte sorglos und schlug sich auf die Schenkel. »Und ein guter Kapitän wird überall gebraucht.«

»Kein Kautabak, und Rum nur als medizinischer Alkohol«, sagte Cyriell. »Landratte in ewiger Flaute für den Rest Ihrer Tage, Noah Ahab Revenge. Der letzte Buccaneer. Frische Brise nur von der Klimaanlage.«

Er wollte sich vor Lachen ausschütten. »Einmal Seemann, immer Seemann! Manche Männer vertragen mehr als die Schiffe. Kein Risiko, kein Spaß! Ich werd' nie mit Schlagseite oder kieloben hoch und trocken liegen, Admiral.«

»Man wird sehen«, sagte ich. »Führen Sie ihn ab.«

Zwei Ertruser brachten den letzten Piraten in seine Zelle; er und seine Leutnants würden lange verhört werden. Hinter Revenge und den Wachen schloß sich das Schott. Fast gleichzeitig sprang Tekener auf, zog den Kopfhörerbügel von den Ohren und kam auf uns zu, deutete auf die Monitoren.

»Dringende Meldung, Sir!« rief er. Er wirkte nicht im mindesten ironisch. »Von Zirkon. Alarm! Der gesamte verdammte Kleinkontinent GigaIsle ist von Stigmaviren-Insekten überfallen worden. Und was danach kommt, können wir uns vorstellen.«

»An jeden anderen Planeten hätte ich gedacht«, murmelte ich. »Nicht an Zirkon, nicht nach Ihrer Mission auf Lepso. Der Überfall erfordert einen blitzschnellen Großeinsatz.«

»Immerhin gibt es dort eine Menge Raumschiffe!« rief er. »Sie sind nicht ganz wehrlos bei der Verteidigung. Aber wer soll das alles koordinieren?«

»Wir«, sagte ich. »Sie, ich, Cyriell. Die USO.«

Binnen weniger Minuten gingen Befehle hinaus. Von zwanzig verschiedenen Wartepositionen aus rasten Schiffe der USO und der Raumflotte los. Noch während ich mich mit Cyriell beriet, ob wir mit einem Schwesterschiff der IMPERATOR III eingreifen sollten, waren die Kommunikationskanäle geschaltet, und wir erfuhren, welches Massaker auf der größten und schönsten Insel des Erholungsplaneten tobte. Ich ließ die Transmitter zur MASCAREN schalten und hielt mich bereit, auf das Ultraschlachtschiff überzuwechseln; als die ersten verwackelten Bilder und unscharfe Kommentare eintrafen, wandte ich mich an Tekener und Cyriell.

»Die COSMOSHARK soll sich in zwölf Tagen mit einem Schiff treffen, das die Container übernimmt und, mit einiger Wahrscheinlichkeit, zum Ziel bringt. Danach wäre Kapitän Revenge auf Erdkurs gegangen. Was ist in diesen verdammten Containern verpackt?«

Ohne den Blick von den flirrenden, zweidimensional arbeitenden Großmonitoren zu nehmen, antwortete Ronald Tekener:

»Es waren noch nicht alle geöffnet. Wir haben Ausrüstungen für medizinische oder biologische Labors gefunden. Unzählige Chemikalien. Haufenweise Meßgeräte und Teile für Versuchsanordnungen. Material und Preßformen für durchsichtige Elemente, die man zu luftdichten Räumen zusammenkleben kann, sagen die Fachleute. Ich bin kein Fachbiologe, aber ich würde in der aktuellen Situation sagen: lauter Dinge, mit denen man große Mengen Stigmaviren und deren Überträger züchten kann.«

Ich blickte auf Cyriells Profil, meine Fingernägel und die Monitoren, wartete auf einen Einwurf des Logiksektors und sagte:

»Machen Sie es zu Ihrer Aufgabe, Tek: Rüsten Sie die COSMOSHARK so gut wie möglich aus. Die Schiffe, von denen sie aufgebracht worden ist, sollen mitfliegen. Die Hilfe für Zirkon wird nicht besser oder schlechter koordiniert, wenn Sie fehlen; ich werde an Ort und Stelle sein. Die fremden Verbrecher kennen Noah Ahab Revenge; Sie müssen ihn für diesen Flug wieder zum Kommandanten machen und sich als Piraten verkleiden. Ich denke, Sie schaffen es allein.«

»Soweit, so gut, Sir.« Während wir sprachen, betrachteten wir einzelne Szenen des grauenhaften Geschehens. »Mit der COSMOSHARK losfliegen und allen Halbraumspürern dem fremden Schiff folgen und herausfinden, wo dieses Sirbis liegt? Und dann – niederbrennen, bombardieren ... was hatten Sie vor?«

Ich zuckte mit den Schultern.

»Sollte es der Name der Welt sein, wo die Stigmaviren gezüchtet werden, müssen wir sicher sein, daß wir diese Eiterbeule völlig ausbrennen. Nein, Smiler – das Ziel genau feststellen, die Vorgänge dokumentieren und mich so schnell wie möglich benachrichtigen. Fangen Sie an, zusammen mit Kennon!«

»Wir nehmen die Sache in die Hände; vergessen Sie das COSMOSHARK-Problem, Sir. Die Zielkoordinaten erreichen wir in maximal sechs Tagen. Noch etwas – bleibt das Datum Ihres Vortrages im Auditorium?«

»Daran ändert sich nichts, Tek. Schon aufgezeichnet; man wird den Text aus einem Hologramm hören.«

Er blieb noch einige Minuten lang schweigend hinter unseren Sesseln stehen und nahm die Schrecklichkeiten in sich auf, die über Miracle-of-Gigantoosa-Island wüteten. Er schüttelte den Kopf, zog die Schultern hoch und verließ leise das Büro.

8.

Die MASCAREN raste mit Höchstgeschwindigkeit Zirkon entgegen. Die Distanz zwischen Zirkon und Quinto-Center, 27 925 Lichtjahre, war bei einem Überlichtfaktor von zehn Millionen in knapp 25 Stunden zurückzulegen; bis wir eingriffen, würde es einige Stunden länger dauern. Die Einsatzleiter informierten sich über die Möglichkeiten, Drungsporen abzuwehren – falls sie auf Zirkon wüteten. Aus dem Chaos der Meldungen und Berichte filterten die Nachrichtentechniker des Ultraschlachtschiffs die aussagekräftigsten Informationen heraus: Zuerst nur Dutzende und Hunderte, dann Tausende und Millionen Stechmücken schwirrten in kugeligen Schwärmen aus den Uferwäldern und dem Schilf auf, die, ebenso wie Strände, Felsen und Buchten, die gesamte Rieseninsel umgaben. Touristen, Banzos und Erholungssuchende auf den Stegen und Yachten, in den Gärten der Strandhotels und unter den bunten Strandschirmen schrien, begannen zu rennen, schlugen mit Handtüchern nach den Quälgeistern und flüchteten in die Häuser. Die Mückenschwärme schwebten zirpend und sirrend in die Höhe, lösten sich auf und stürzten sich auf die Rennenden.

Aus Hunderttausenden raschelnder Nester, groß wie Yachtbojen beiderseits der Anlegestege, schwirrten mit durchdringendem Brummen schwarzgelbe Wespen. Ihre Körper waren drei Finger breit; die durchsichtigen Flügel verschwammen im Vormittagslicht. Die Tiere formierten sich nicht zu Schwärmen oder Gruppen, sondern rasten davon und jagten einzelne Flüchtende. Die Brutstätten der Stechmücken befanden sich meist in feuchtwarmer Umgebung – in Biotopen, an Bach- und Flußufern, Brackwassertümpeln entlang der vielen Strände, von denen jeder zweite touristisch genutzt wurde. Von diesen Stellen aus bewegten sich die Mückenschwärme landeinwärts.

Die Megawespen nisteten unter Hausgiebeln, in Bäumen, trockenen Erdlöchern, kleinen Höhlen und in den Winkeln sonniger Mauern. Die rasenden Tiere verließen die Einfluglöcher ihrer Behausungen aus grauer und brauner Zellulose und jagten summend zwischen Stechmückenschwärmen in die gleiche Richtung, sobald die Sonnenwärme die morgendliche Kühle und den Tau vertrieben und verdunstet hatte.

Fingergroße Fliegen, auch Pferdebremsen genannt, mit metallisch glänzenden Rücken und Chitinflügeln, kamen unter den Büschen hervor, von zerfallenden Pilzen in jedem Wald, aus trocknenden Kotfladen oder den Kadavern verendeter Kleintiere. In der Umgebung der Farmen, die Zirkon mit Milch, Fleisch und anderen landwirtschaftlichen Produkten versorgten, waren Myriaden aller drei Tiergattungen entstanden – mitunter zehnmal so groß wie die gewohnten Mücken, Wespen und Bremsen. Alarmglocken, Sirenen, Hupen und Summer schienen die Wut der Tiere zu vervielfachen.

Die Menschen auf Gigantoosa-Island, die instinktiv versuchten, sich ins Dunkle, Kühle und Abgeschlossene, in Räume, Zelte oder hinter Türen und Fenster zu retten, achteten nicht darauf, daß nur Zweibeiner das Ziel der Angriffe waren: Zweibeiner, die sich schnell genug bewegten, so daß die Sinnesorgane der Insekten sie erfassen konnten. An vereinzelten Stellen flackerte unorganisierte Gegenwehr auf.

Viele Yachten schalteten die Maschinen ein, warfen die Leinen los und verließen die Hafenstege. Mit schäumenden Bugwellen und breiten Gischtstreifen im Heck stießen sie durch die Brandung und entfernten sich mit zunehmender Geschwindigkeit vom Festland. In den Vergnügungshäfen, wo kreischende, wild um sich schlagende Menschen über die Stege und entlang der Anlagen rannten, herrschte Panik: Menschen versuchten sich von den Insekten zu retten, indem sie ins Hafenwasser sprangen. Dort wurden sie von Schiffsschrauben erfaßt und zerstückelt, zwischen Bootsrümpfen zerquetscht oder unter den Schiffen in die Tiefe gedrückt.

An einigen Stellen brach Feuer aus. Ablegende Boote rammten Stege, Kaimauern oder andere Schiffe; in das Kreischen und Schreien mischten sich Flüche und dröhnende Warnhörner. Die Löschrobots, auf deren Optiken sich immer wieder Fliegenschwärme niederließen, verfehlten die Ziele und feuerten die Löschkanonen auf Stellen abseits der Brände ab. Manche Türen klemmten, einige Fenster zersplitterten bei den hastigen Versuchen, sie schnell zu schließen; alle Arten kleiner Katastrophen traten ein: Chaos und Entsetzen breiteten sich von unzähligen Punkten, meist in Küstennähe, in die Richtung aufs Zentrum des kleinen Kontinents aus. Sämtliche Funkkanäle waren hoffnungslos überfüllt.

An anderen Stellen verließen Gleiter die Pisten, krachten ineinander, bohrten sich fahrerlos mit aufheulenden Maschinen in Mauern oder durch Scheiben der Geschäfte. Das Gellen der Feuerwehrsirenen mischte sich in den allgemeinen Lärm. An allen Stellen hasteten Menschen, schon gestochen oder von Insekten verfolgt, in scheinbare Sicherheit. Einige Raumschiffe starteten von den kleinen Raumlandeplätzen und versuchten, mit Bordgeschützen die Insektenschwärme zu verbrennen oder zu zerstrahlen. Der planetaren Überwachung entging, daß hoch über Gigantoosa-Island zwei Raumschiffe in die Lufthülle rasten und ihre Luken öffneten. Sie luden ihre Fracht genau über dem Zentrum der Insel ab; ein Höhenwind verfrachtete die Wolke, die sich schnell auflöste und verlängerte, nach Osten. Von dort brachte sie eine bodennahe östliche Strömung wieder, großräumig verteilt, über die Landmasse zurück, wo die Wolke sich langsam niedersenkte.

Die Administration in Rajpat löste den offiziellen Notstand aus. Wenige Menschen auf Gigantoosa achteten auf die Durchsagen im Interkom. Binnen hundertachtzig Minuten entglitt ein kreisringförmiger Teil des Kleinkontinents jeder Kontrolle. Der Ring wuchs nach innen, der Provinzhauptstadt St. Cangoon entgegen.

Die flüchtenden Menschen verbarrikadierten sich in Hotelzimmern und Wohnungen. Kaum jemand warf einen Blick in den strahlend blauen Himmel, zwischen dessen weißen Wolken sich eine Schicht ausgebreitet hatte, die wie eine dünne Decke aus Rauch wirkte. In diesem lichtabsorbierenden Nebel funkelten ununterbrochen Myriaden winziger Blitze; ständig veränderten sich, wie bei Vogelschwärmen oder großen Fischschulen, mehrfarbige Felder. Es war, als lebe die Wolke, als wüchse sie an allen Stellen, während sie im hellen Licht der Vormittagssonne tiefer sank, wie Hagel in Zeitlupe.

An vielen Stellen hatte die Oberfläche des Landes, neben den Gleiterpisten, Schnellbahnen und Siedlungen, ein anderes Aussehen angenommen. An vielen Stellen zog der Rauch kleiner und großer Feuer in die Höhe, neigte sich im kühlen Ostwind nach Sonnenuntergang. Der Rauch stieg unregelmäßig, die farbige Wolke senkte sich ebenso; beide vermischten sich zu einem Gebilde, das sich wie ein Leichentuch über das graue Land erstreckte und das Sonnenlicht absorbierte. Nur automatische, positronisch gesteuerte Anlagen liefen zuverlässig; an hunderttausend Stellen herrschte unter Menschengruppen – gleichgültig ob Eingeborene, Banzos, Terraner oder Touristen – das Chaos der Verzweiflung, geboren aus Schrecken und Überlebenstrieb.

Gleiter mit geschlossenen Kabinen, zivile und militärische Space-Jets starteten, kleine Raumschiffe schwebten aus drei Richtungen auf die Insel zu. Desintegratorstrahlen und Flammenwerfer, Blaster und offenes Feuer wurden benützt, um die Insekten zu vernichten; selbst landwirtschaftliche Gleiter stiegen auf und versprühten Insektengift aus den Düsen, die sonst Düngemittel oder Wachstumshemmer vernebelten. Aus den Häusern rannten Helfer in Raumanzügen und Feuerwehrmänner in Schutzanzügen. Sie versuchten, Verletzte oder Tote zu bergen. Nahezu planlos erfolgte die Abwehr; Tausende der Rieseninsekten verbrannten in Feuern oder wurden von Hochenergiewaffen vernichtet; jeder Mensch, der sich nicht schnell genug hatte retten können, war gestochen worden, manche, wie sich schnell herausstellte, mehrmals. Die ersten verheerenden Brände verlöschten von selbst oder wurden gelöscht. Die Insekten, die sich auf die geschützten Helfer stürzten, wurden von Wasserstrahlen aus Hochdruckschläuchen und von Waffen nahezu jeden Typs umgebracht. Mit heulenden Sirenen brachten Rettungsleiter Tote und Verletzte in Hospitäler und Krankenhäuser, die binnen weniger Stunden hoffnungslos überfüllt waren.

An wenigen Stellen des Miracle-of-Gigantoosa-Island setzten sich erste Übersicht und Ordnung fest. Die Überfallenen begriffen schnell: Dampf und Wasser aus Hochdruckreinigern wurden ebenso zu Waffen gegen die Insekten wie nasse Tücher und andere improvisierte Werkzeuge. Wohnungen waren schnell abgedichtet, jedes Ultraschallgerät arbeitete in Höchstlast. Das wahnwitzige akustische Chaos im Funkverkehr und den optisch-akustischen Medien verringerte sich, als die Frauen und Männer des Katastrophenschutzes eingriffen. Mediziner und Heilkundige versorgten die tiefen Stiche der Betroffenen; als sich herausstellte, daß die Angriffe der Insekten nachließen, daß mehr und mehr tote Tiere den Boden bedeckten oder zuckend und sirrend aus der Luft fielen, wagten sich mehr Bewohner wieder ins Freie.

Ein Raumschiff donnerte in wenigen hundert Metern Höhe über den Kleinkontinent, flog einen Halbkreis und landete auf freiem Feld, im Mittelpunkt dreier Ansiedlungen. Als die ersten Geschütze schräg in den Himmel zu feuern begannen, löste sich die Wolke auf. Millionen und aber Millionen kleiner Plastikteile regneten fast senkrecht herunter, formierten sich zu Kugeln, Spindeln oder Fantasieformen und griffen jedes größere Lebewesen, das sich außerhalb fester Behausungen bewegte, mit lautloser Wut an. Halbfingerlange Nadeln summten durch die Luft, blitzende Stahldreiecke wirbelten, hellrote Strahlen zuckten aus faustgroßen Zusammenballungen. Die Metallteile, die gegen Mauern prasselten, erzeugten klirrende Geräusche. Scheiben barsten, Schutzanzüge wurden durchlöchert, Plastik und Blech von Gleitern und Geräten zitterten unter den Einschlägen. Immer wieder dröhnten Raumschiffsgeschütze auf und verwandelten Teile der Wolke, deren fingerartige Ausläufer dem Boden entgegenzüngelten, in Asche und glimmende große Rußfladen.

Die Abwehr, die massiver und planmäßiger ablief, je mehr Zeit verging, erreichte nicht jeden Teil der Landoberfläche. Die Plastikchips, die abseits der Siedlungen heruntertrudelten und zusammenballten, verfolgten einzelne Lebewesen und schienen zwischen Vierbeinern und Zweibeinern unterscheiden zu können; sie griffen nur Menschen an, verletzten sie mit winzigen stählernen Nadeln und schwirrten zwischen ihnen umher, bis sie die Kraft verloren und zu Boden fielen. Unzählige Echos verschwanden von den Ortungsschirmen und von den Monitoren des bodennahen Radars. Etwa zu dieser Zeit starben die ersten Opfer der Insektenstiche unter Qualen. Ein zweites Raumschiff landete, nachdem es in verschiedener Höhe riesige Kreise und Schleifen geflogen und auf die Reste der Wolken sowie einige Insektenschwärme gefeuert hatte. Sie zogen wie Heuschreckenschwärme in alle Richtungen; nur nicht nach Westen, denn der Wind, gegen den sie nicht anfliegen konnten, hatte aufgefrischt. Die MASCAREN donnerte ins Sonnensystem hinein und bremste die hohe Eintauchfahrt ab.

In den Krankenhäusern begann man die Toten zu zählen und die schreienden Patienten in Tiefschlaf oder Bewußtlosigkeit zu versetzen. Die graue Wolke hatte sich aufgelöst, und die Sonne des Frühabends schien ungehindert zwischen kleine weiße Wolken, die sich über dem Westlichen Ozean bildeten. Das nächste Hilfsschiff landete, öffnete die Luken und entließ gewaltige Mengen schwebende Medorobots, weißlackierte Gleiter, Jets und Raumfahrer in gepanzerten Anzügen. Nur noch wenige Insekten stürzten sich auf die Ankömmlinge; mit breitgefächerten Energieschüssen wehrten die Roboter und Raumfahrer die Angriffe der Chipwürfel ab. Binnen kurzer Zeit entstand um jedes gelandete Raumfahrzeug eine Zone, in der Ordnung geschaffen wurde; die Schiffslazarette füllten sich. Die MASCAREN flog entlang der Küste einen gewaltigen Kreis um die Insel, schleuste Korvetten, Kampfrobots, Shifts und Jets aus; für mich bestand die größte Schwierigkeit darin, zu erkennen, an welcher Stelle unser Einsatz am sinnvollsten war. Die Frauen und Männer der Raumschiffe wußten genau, was zu tun war, und sie hatten die Mittel dazu.

Die flüchtig ermittelte Zahl der Menschen, die mit aufgequollenen Gliedmaßen und Körpern gestorben waren, erschreckte gegen Mitternacht uns und die planetare Verwaltung, die das Kommando erleichtert an die Raumflotte und uns abgab. Es waren zweifelsfrei über einhunderttausend. Inzwischen bewegten sich im freien Gelände nur noch die gepanzerten Hilfsmannschaften und entsprechend sichere Gleiter und Jets. In ganz Gigantoosa-Island wagte sich niemand außer gepanzerten Raumfahrern ins Freie. Von den Kontinenten wurden nach unseren Anforderungen Seeschiffe, Schwebecontainer und Frachtraumschiffe gestartet, um die Versorgung sicherzustellen – die ersten zusammenfassenden, einigermaßen zutreffenden Meldungen gingen über unsere Nachrichtenkanäle hinaus in die Galaxis.

Rätselhafter Überfall auf Zirkons Touristenschatzkästchen. Warum hat die Verwaltung nicht auf die Warnungen gehört? Wer schickte die Insekten? Was ist die wahre Natur der Chip-Elemente?

Warum sind so viele Gestochene schon gestorben, und andere, die ebenfalls Stichmale trugen, liefen wie Gesunde herum? Was sind Stigmaviren?

Die Medien überschlugen sich. GiantIsle stand unter planetarer Quarantäne. Ein weiteres Hilfsschiff der Imperiumsflotte landete und entließ Hunderte Helfer und fast fünfhundert Medorobots.

Bei Sonnenaufgang hatte sich die Zahl der Opfer bereits auf 160 000 gesteigert; es war nicht möglich, alle Toten zu registrieren, in Gefrierkammern aufzubewahren oder zu begraben. Hypergramme von Angehörigen, die ihre Schwestern, Brüder, Kinder, Eltern oder Partner suchten, überschwemmten die Postdienste. In großer Eile verpackte man viele Körper, nachdem man sie fotografiert hatte, in Kunststoffsäcke. Unsere Planierraupen und Bulldozer öffneten tiefe Gruben, in denen die langen Reihen der Toten mit Erdreich bedeckt wurden.

Um Mittag des vierten Tages hatte das große Sterben aus Zirkon eine Viertelmillion Tote gefordert. Spezielle Hilfstrupps von den Kontinenten lösten Raumfahrer und lokale Behörden ab; die vielen Freiwilligen konnten endlich an Essen und ein paar Stunden Schlaf denken.

Stigmaviren-Insekten. Chipwürfel, die in der Lufthülle polymerisierten. Und einzelne Menschen, die plötzlich aggressiv und gewalttätig wurden und andere umbrachten – die Angegriffenen wehrten sich; die Amokläufer wurden niedergeschlagen, verletzt, von Schockstrahlen gelähmt oder getötet. Gerüchte breiteten sich mit Lichtgeschwindigkeit aus; wir holten die Opfer ab und brachten sie ins Schiff. Ein junger Mann, der drei Touristen getötet hatte, wurde im Bordlabor der MASCAREN seziert.

Der Chefpathologe, ein Ara in mittleren Jahren, rannte, ohne die grüne Kleidung ausgezogen zu haben, in die Zentrale, ließ sich auf einen Sitz fallen und blinzelte, schüttelte den Kopf, und während er die Augenhöhlen massierte, sagte er:

»Setzen Sie ein Hypergramm ab. Rafferkode. An Quinto-Center. Und bringen Sie mich zu Lordadmiral Atlan.«

»Welcher Text? Atlan ist bei den Einsatzleitern.«

»Ich denke, es ist lebenswichtig.« Der Aramediziner stöhnte. »Text: Bei der Untersuchung eines leichtverletzten – sieben Stichverletzungen – Amokläufers waren weder Insektenstachel noch Chipwürfel-Projektile zu finden. Sie dürften sich im Kreislauf aufgelöst haben. Bei der Sektion waren an Nervenfasern und in Blutgefäßen Sporenfäden zu finden, die sich auch nach dem Tod des Opfers vermehrten. Nervenleiterbahnen wurden abgeschnürt und überlagert. Während der Sektion, etwa 15 Stunden nach dem Befall, hörte die Tätigkeit der Schmarotzer-Zellsysteme auf. Operative Entfernung der Parasitencluster unmöglich. Sämtliche Anzeichen und Konsultation der med. Bordspeicher ließen mich zum zwingenden Schluß kommen, daß ein Teil der Chipwürfel mikroskopisch feine Mikrofäden übertrug, sogenannte Drung-Sporenfäden. Das Drung, seit 41 Jahren bekannt, kann beseitigt werden; deswegen muß der Chef unbedingt verständigt werden. Auf Gigantoosa-Island läuft eine unbekannte, wahrscheinlich große Anzahl Drung-Befallener unerkannt herum. Dr. Cyrckret Khayn, Chefarzt/FLORENCE. Ende.«

»Spruch wird gerade kodiert, Doc.« Der Funker blickte über die Schulter auf die zusammengesackte Gestalt. »Was zum Teufel ist das Drung?«

»Sehen Sie in der Bibliothek nach.« Der Ara stemmte sich in die Höhe und gähnte. »Dort ist alles dokumentiert. Keine Sorge – der Chef weiß verdammt genau, was das Drung ist.«

»Und bevor Sie hier im Stehen einschlafen oder zusammenbrechen, sollten Sie sich vielleicht aufs Ohr legen, Doc?«

»Und von einem Alptraum in den nächsten schlafen?« Der Ara nickte und ließ das Schott hinter sich zugleiten. Er wußte, daß außerhalb des Schiffes das Sterben weiterging. Er fragte sich durch Korridore und Antigravschächte, bis er mich endlich vor meiner Kabine traf.

Der junge Ara war total übermüdet; die Finger, die um den Kaffeebecher lagen, zitterten. Ich hob die Hand und zeigte auf einen Monitor, der, mit ausgeschaltetem Ton, eine Bildsequenz zeigte. Wir haben sie zur Schulung der Einsatzkräfte hergestellt.

»Wir haben das Drung vor zweiundvierzig Jahren kennengelernt; auf dem Planeten Quarta im Twin-System, ein aus Andromeda verbanntes Lebewesen. Sie haben richtig ermittelt: mikroskopisch feine, autarke und wandelbare Zellsysteme, die einen Mikrofaden bilden und sich rasend schnell vermehren. Sie sind weder durch Hitze noch im Vakuum zu schädigen, in 11,76 Sekunden werden aus einer Spore etwa 220 000, die Gesamtmasse nimmt zu, teilt und vermehrt sich, durchdringt menschliches Gewebe und entwickelt schließlich eigene Intelligenz. Milliarden Einzelwesen beherrschen den Wirtskörper, ballen sich aber nie an einer Stelle. Das Drung sieht durch die Augen des Wirtes und steuert ihn durch erzeugte Schmerzen, wenn er sich widersetzt. Das Drung ist in diesem Stadium nicht mehr operabel, wie Sie gesehen haben.«

Der Ara betrachtete zwinkernd, aus blutunterlaufenen Augen, die Darstellung auf dem Bildschirm.

»Und mit welchen Mitteln ist dem Drung beizukommen?«

»Wenn man's einmal weiß, ist es einfach«, antwortete ich. »Der Kalupantrieb wird total umgeschaltet; für zwei Sekunden erzeugen wir ein parastabiles Hyperfeld, dessen Nebeneffekt eine fünfdimensionale Vibratorstrahlung ist. Die Sporen reagieren sofort durch Flucht. Zu lange Dosierung schädigt menschliche Hirnzellen, also haben wir ein Fünfstundenprogramm entwickelt: zwei Sekunden Vibratorstoß, fünf Sekunden Pause und so fort. Das Drung sammelt sich instinktiv, und wir haben es damals mit unseren Geschützen vernichtet.« Ich machte eine Pause und schloß: »Wir sammeln alle Befallenen ein, halten sie in tiefer Bewußtlosigkeit – schon aus Selbstschutz – und dann befreien wir sie vom Drung. Das wird hier auf Zirkon einige Zeit dauern.«

Ich stand auf und öffnete das Schott.

»Schlafen Sie sich aus. Ich denke, wir haben alles im Griff. Morgen sehen wir etwas klarer und wissen, wo wir ansetzen müssen.«

Er schüttelte meine Hand und taumelte davon.

Während der letzten Nachtstunden entsann ich mich, daß Zirkon der langjährige Tagungsort der GWI-Gruppe war, des Galaktischen Wissenschafts- und Innovations-Forums. Ich sah nach dem Datum und diktierte ein Hypergramm an alle 9800 Teilnehmer, unter allen Umständen und auf jeden Fall die Tagung auch im nächsten Jahr dort abzuhalten. Alles, was in der Wirtschaft und Politik des Imperiums Rang und Namen hatte, würde im zu erwartenden Niedergang des Gigantoosa-Tourismus ein deutliches, weithin sichtbares Zeichen setzen. Ich wartete ungeduldig darauf, diesen Einsatz zu beenden und nach Quinto-Center zurückzufliegen; ich spürte, daß der Zeitpunkt der endgültigen Entscheidung näherkam. Ohne daß ich darüber sprach: Zirkon war für die Verbrecher des Konklave die schauerliche, letzte Generalprobe gewesen.

Die USO-Spitzen warteten darauf, daß ich die Probleme und Gegenmaßnahmen erläuterte. Meine Gedanken kreisten um die immens hohe Zahl der Opfer auf drei Planeten, deren qualvoller Tod aus dunklen Bezirken der Psyche anderer Wesen kam, die sich an mir rächen wollten.

Die Aufarbeitung der letzten Schwierigkeiten auf Zirkon war für die einsatzgeschulte Mannschaft der MASCAREN weitestgehend ein quantitatives Problem: Wir sammelten sämtliche Opfer der Drung-Sporen und setzten sie der fünfdimensionalen Vibratorstrahlung aus. Die weiterführende Behandlung übernahmen die Lazarettschiffe der Solaren Flotte und die Krankenhäuser. Das Ultraschlachtschiff flog zurück nach Quinto-Center.

Im Auditorium waren alle Ränge besetzt. Etwa sechshundert USO-Angehörige saßen auf weißen Lederkissen. Ich ging zum Pult, grüßte und begann meinen Vortrag.

»Glauben Sie nicht, der Chef wüßte alles und für jedes Problem eine klare Lösung. Wir kämpfen in Zeiten eines kaum gekannten Umbruchs, eines Chaos', das zu entwirren fast unmöglich ist. Ich gehe nicht auf unsere Geschichte und unser Selbstverständnis ein; jeder in Quinto-Center weiß, wie es sich verhält, und daß wir in den Jahren seit Siebenunddreißig gefordert wurden wie nie zuvor. Zu Navander, Woodlark und Zirkon komme ich später im Vortrag: zunächst zum Komplex Olymp, einstmals Nameless. Im Jahr 2411 kaufte ich, also die USO, unter dem Namen Fortas Stooge jr. für einskommafünf Millionen Solar etliche riesengroße Ländereien. Die Wertsteigerung bis heute beträgt mehr als 569 Prozent. Nach dem Tod von Roi Danton wird Sharbadad Argyris, bisher eine Art kommissarischer Leiter mit großen Vollmachten, dessen Familie wir einen raumfesten Stammbaum konstruiert hatten, höchstwahrscheinlich zum sogenannten neuen König gewählt werden, obwohl er Kronen und Reichsinsignien nicht sonderlich schätzt; das USO-Vermögen wird von Wonfor, Willtred und Wungvall Exxer vom Planeten Planchet, Sonne Gologyn 3102 verwaltet und vermehrt; Aufsichtsrätin ist eine meiner besten Freundinnen, Aardilah Argyris von der Welt Jurong Merlion, Sonne Ipaaam. Olymp, Stützpunkt einer circa 7500-Einheiten-Flotte unter dem ehemaligen Kommando des verstorbenen Roi Dantons erfreut sich, da zentral gelegen, wachsender Beliebtheit und ist eine zuverlässige Einnahmequelle für uns; schließlich haben wir zwei Prozent der Imperiums-Zahlungen verloren. Daß viele Freihändler oder Freifahrer Informanten der USO sind, brauche ich nicht zu betonen; ebensowenig den Umstand, daß die Freihändler und zuvor unzählige terranische Handelsschiffer das Monopol der Springer mit ihren rund 300 000 Walzenschiffen aufgebrochen und teilweise wirklich gebrochen haben.«

Ich zögerte mit den nächsten Sätzen. Die Formulierung erschien mir zu kühn und war letzten Endes kaum beweisbar.

»Zumindest ein Springerpatriarch Katanas Nipas, scheint Ursachen und Wirkungen zu verwechseln und der USO oder mir selbst die direkte Schuld am Machtverlust zu geben. Es ist nicht allzu weit hergeholt, zu sagen: Die Folgen haben Navander, Woodlark und Zirkon auf furchtbare Weise spüren müssen.

Wir haben aufwendig eine Revolte in den eigenen Reihen niedergeschlagen. Die USO ist und bleibt, solange ich lebe und etwas zu sagen habe, in den vielen Jahren ihrer Existenz die einzige Vielvölkerorganisation mit Staatsrang und einem klar selbst-definierten Handlungsauftrag in der Galaxis; auch Leute wie General Pilam können daran nichts ändern.«

Ich machte eine Pause und blickte in die Gesichter der Versammelten. Sie schienen mit mir einer Meinung zu sein.

»Dreitausend Arkonidenvölker und zweitausend Nachkommen – ob Springer, Tuglanter oder Zaliter – sind seit mehr als einem Jahrhundert in rund eintausend Duodez-Monarchien zersplittert. Fünfzigtausend arkonidische Wohnplaneten, etwa dieselbe Menge Milliarden Arkoniden stellen bisher für uns keine Gefahr dar. Einzelne Strömungen werden gefährlich: etwa ARK'ALOR, eine Organisation mit Zugriff auf Arkonbomben. Gegenwärtig haben wir es mit Syndikaten zu tun – Sentenza, Mivado-Ring –, die je nach Interessenlage neue Gruppierungen bilden und auflösen: ihr absoluter Herrschaftsanspruch, die Intoleranz gegenüber allen, die sich anders verhalten, der pervertierte Machtmißbrauch mit buchstäblich jedem Mittel – das sogenannte Konklave ist der klare Beweis dafür. Jedes andere Lebewesen wird von ihnen als manipulierbares Objekt betrachtet, nicht als autonomes Individuum. Im Bereich der Blues – rund 5000 Blues-Nationen mit im Durchschnitt je fünf Sonnensystemen, alle in blutigen Bruderkriegen miteinander verfeindet – hat sich eine Piraten- und Rauschgiftindustrie ausgebildet, die machtvoll ins zerfallende Imperium drängt. Nur in den Geburtskliniken kommen sie an das B-Hormon heran, das Elixier Felicitas so ungeheuer gefährlich und zur Basis unzähliger Derivate macht. Sie betreiben den Handel damit völlig offen und ungeniert; mit dem Gewinn kaufen sie Waffentechnologie für ihre tobenden Bruderkriege. In ihrer Nähe haben sich in rund 100 Sonnensystemen wieder einzelne Gruppe Tefroder angesiedelt, ebenfalls eine Gefahr aus der Vergangenheit. Auch sie hoffen, auf dem Umweg über zu entdeckende Lemurer-Technik einzelne Welten oder Teile des Imperiums beherrschen zu können.

Unser Kampf richtet sich ebenfalls gegen die Hydra-Assassinen, die von Báalol-Priestern, also Antis, angeworben, ausgebildet und an überraschend vielen Plätzen eingesetzt werden, Stigmaviren, speziell gezüchtete Rieseninsekten, Chipwürfel und – so sehen es im Moment unsere Wissenschaftler – eine Variante der Drung-Sporen sind die aktuellen Aufgaben. Schrittweise haben wir verschiedene Probleme gelöst: Die Flibustiers oder Starbuccaneers sind gefaßt und gehören der jüngeren Vergangenheit an. Unsere Superschlachtschiffe jagen und vernichten Blues-Piraten und deren Verstecke. Die Triangelplaneten mit Hinterlassenschaften der Ersten Menschheit kontrolliert die USO bald völlig. Wir sind den Stigmaviren auf der Spur; ich erwarte stündlich Erfolgsmeldungen. Gegen die Stigmaviren haben aber weder SolAb noch wir trotz fieberhafter Arbeiten das Gegenmittel gefunden! Chipwürfel und Drung-Fadensporen; jene halbenergetischen, quasi psycho-vampirischen-Zellverbände ... es wird noch einige Zeit dauern, diese Fragen beantworten zu können; nicht anders als die der sieben Opfer der IV-Vecorat, die zur Macht im Hintergrund werden können, und der seltsamen Schmetterlinge auf Tahun.

Wir werden uns in den kommenden Monaten auf folgende Schrecknisse zu konzentrieren haben: ein Angriff auf die Terra-Zentren, geführt von Stigmaviren, Chipelementen und aggressiven Drung-Sporen, und auf die kommende Bedrohung vieler Welten durch Arkonbomben, die als scheinbar harmlose Komponenten unauffällig in Taschen und Köfferchen auf nahezu jeden Planeten gebracht, dort zusammengesetzt und schließlich gezündet werden könnten – nicht nur ich, sondern jede vernünftige Hochrechnung denkt dabei stets an Welten wie Terra und andere wichtige Planeten. Sollten wir das Konklave finden und dessen Teilnehmer fassen können, wissen wir mehr und sind in der Lage, die Bomben zu konfiszieren, ehe sie auf Reisen gehen.«

Ich hob den Kopf und ließ meine Blicke über die Versammelten gleiten.

»Letzte Zahlen von Zirkon: Es fehlen nur ein paar Zahlen, dann sind dreihunderttausend Opfer registriert. Riesenstechmücken, Megawespen und drei Finger große Bremsen, Chipwürfel, die in der Atmosphäre zielgerichtet polymerisierten, elfhundert Willenlose durch Drung-Fadensporen; eine erschütternde Bilanz. Der Angriff ist vorbei, die Schäden unübersehbar. Zwar wissen wir, wie Drung-Sporen sich bekämpfen lassen, aber die Brutlabors müssen gefunden werden. Dies wird uns einige Zeit beschäftigen.«

Ich schloß sekundenlang die Augen; mitunter war die potentielle Unsterblichkeit mehr als ein Fluch.

»Bisher hat die USO, mitunter mehr schlecht als recht, jedes Problem bewältigt, jede Aufgabe oder Mission erfolgreich zum Ende gebracht. Viel Feind, viel Ehr', sagt man, als Metapher für Recht, Ordnung, Kampf und Erfolg ist auch in den Zeiten des sterbenden Imperiums unsere Organisation eine Garantie. Ich danke Ihnen allen – weitere schlimme Informationen werden zweifellos nicht lange auf sich warten lassen.«

Ich unterhielt mich mit besorgten Abteilungsleitern und sah aus dem Augenwinkel eine junge Frau, die eine Nachricht brachte; sie kam nicht von Tekener und Kennon in der COSMOSHARK – sondern, was ich kaum glauben konnte, von Aralon! Der Extrasinn rief: *Die Sensation, Atlan! Deine Drohungen scheinen gewirkt zu haben!* Ich sagte:

»Richten Sie in der Nachrichtenabteilung aus: in vier Minuten in meinem Büro. Bitten Sie die Aras zu warten; es ist unsagbar wichtig!«

Ich grüßte flüchtig und beeilte mich, in mein Büro zu kommen. Im Hologramm baute sich das Bild einer Gestalt auf, wuchs an, und ich erkannte Cendrogim Tashtxan, den uralten Planetaren Rat Aralons.

»Es ist schwer, Atlan, Sie erreichen zu können. Offensichtlich sind die Schaltungen aufwendig.«

»Wenn mich ein Gespräch leicht erreichen würde, täte es eine Bombe auch«, sagte ich. »Ich begrüße Sie. Haben Sie eine Botschaft oder eine Erklärung für mich?«

»Ich fürchte, es sind Worte, die uns schmerzen. Es geht, wie Sie sich denken können, um ein Mitglied meiner Familie, nämlich Usma Lazu Tashtxan. Es hat lange gedauert, beweisen zu können, was wir als Ihre unglaubliche Anschuldigung hören mußten. Es ist nachgeprüft worden, was Usma getan hat.«

»Der Planet Zirkon ist überfallen worden«, sagte ich. »Bis vor einer Stunde wurden dreihunderttausend Opfer gemeldet. Es war bezeichnenderweise ein junger Ara-Mediziner aus einem meiner Schiffe, mit dem ich dies diskutierte.«

»Es war niemals das Bestreben von uns Galaktischen Medizinern, um diesen ... Preis Einfluß auf die Politik zu nehmen. Ich hoffe, Sie glauben einem Mann an der Schwelle des Todes.«

»Ich bin geneigt, meine Skepsis hintanzustellen, wenn Sie mir Usmas Aufenthaltsort und den ihrer verbrecherischen Genossen nennen.«

Ich war tatsächlich geneigt, dem uralten Ara zu glauben. Sein faltiges Gesicht und die müden großen Augen drückten Verzweiflung und Resignation aus. Er hob die Hände, seine dünnen, langen Finger zitterten. Auch heute saß er in einem halbtherapeutischen Schwebesessel.

»Alles, was Sie erwähnten, Atlan Gonozal, war zutreffend: Stigmaviren und mörderische, sich vervielfältigende Chips ... Usma ist Gast eines Báalols namens Diolais Trahir und eines Huldvollen von Gatas auf einem urweltlichen Planeten. Die Sonne, die wir in keinem Katalog fanden, heißt Sirbis Wyk, die Planeten Nabersaig und Thyrnossa. Ich fand eine Buchstaben-Zahlenkombination, möglicherweise ein Hinweis.« Er las sie ab, ich prägte sie mir genau ein. »Aber es ist uns nicht gelungen, die Koordination herauszufinden. Wir wissen, daß Usma auch Laboreinrichtungen gekauft hat; gäbe es Möglichkeiten, das Schiff zu finden, kämen wir zu den vollständigen Koordinaten.«

»Wir haben das Schiff und dessen Piratenkapitän«, sagte ich. »Die COSMOSHARK beziehungsweise OSMOSE K. Welche Hilfe kann ich darüber hinaus von Aralon erwarten?«

»Wir fanden Protokolle von Grundlagenforschungen. Ich überspiele sie nach unserem Gespräch; Usma wohnt von Zeit zu Zeit in meinem Haus. Auch Aufzeichnungen über das erste Labor und die Polymerisationsformeln der Chipkuben. Sie wissen vielleicht, daß Chips in allen denkbaren Formen öffentlich als Kinderspielzeug und als Hilfsmittel für architektonische Probleme verkauft werden?«

»Unsere Untersuchungen dieser Proben ergaben, daß diese Elemente offensichtlich den ersten Probeläufen entstammten. Sie sind scheußlich, teuer und weitestgehend harmlos; die Fäden des Drung ließen sich auch in Nährlösungen nicht aktivieren. Eine zusätzliche Finanzierungsmethode.« Ich zog eine Chip-Verpackung hervor und zeigte die grellen Konstruktionszeichnungen. »Sollte Usma nach Aralon zurückkehren, bevor ich sie stelle – wird der Kodex alter Familien siegen oder beweist der Planetare Rat, daß er Verbrechen an Unschuldigen verdammt oder als politisches Mittel mißbilligt?«

»Ich selbst werde versuchen, Usma so lange festzuhalten, bis sie einer fairen Gerichtsbarkeit zugeführt werden kann, die nicht die von Terranern oder Arkoniden sein kann. Ich habe Ihr Verständnis, wenn ich das Gespräch beende?«

»Selbstverständlich. Ich schalte die Leitung zur Nachrichtenabteilung, Rat Tashtxan.«

Ich grüßte und tippte eine Kennziffer. Der Holowürfel wurde lichtgrau, aber alle Monitore zeigten unverändert Greuelszenen von Zirkon, und ständig warfen die Laserprinter neue Schreckensmeldungen aus.

Ich fand Cyriell Ghirmo von Zoltral in ihrem privaten Apartment; sie schien – zuerst zusammen mit Ronald Tekener, dann selbständig – die Logistik der Zirkoneinsätze geleitet zu haben. Sie hatte dieselben Informationen wie ich und die leitenden Spezialisten von Quinto-Center. Sie legte die Arme um mich und schmiegte sich an mich. Ihre Finger glitten durch mein Haar, sie flüsterte:

»Ich seh' dir an, Atlan: was du sehen mußtest, quält dich. Ich kenne dich gut genug und weiß, daß du Usma und das andere Gelichter selbst vernichten willst.«

»Du hast recht«, flüsterte ich. »Die MASCAREN, Schwesterschiff der IMPERATOR, ist in Transmitterbereitschaft. Sie wollen mich treffen und töten Unschuldige. Ich werde sie rächen; alle. Wir warten auf Tekeners Hypergramm. Ich könnte nicht mehr ruhig schlafen, wenn die Verbrecher versteckt weitermorden.« Durch mein Bewußtsein wirbelten, wie stellare Spiralen und pulsierende Sterne, Namen und Begriffe, Schreckensbilder und Ungeheuerlichkeiten, geädert von heilloser, kalter Wut. »Ich werde mit eigener Hand ihre Verstecke in glühende, verglaste Krater verwandeln. Wenn jemand galaktische Rache übt, dann Atlan.«

Sie legte die Handflächen an meine Wangen und blickte mich aus großen, dunklen Augen an, senkte den Kopf und murmelte:

»Trink ein Glas Wein und pack deine Ausrüstung zusammen. Meine Ausrüstung ist fertig. Ich bin in einer Stunde bei dir; wir warten gemeinsam.«

Darauf, daß der tägliche Betrieb mit wohlgeölter Perfektion weiterging, konnte ich mich verlassen; Quinto-Center funktionierte kaum besser und effizienter, wenn ich hier war. Ich ahnte, was uns bevorstand, aber noch tiefer hatte sich die Überzeugung eingefressen: die Teilnehmer des Konklave hatten eine bestimmte, nie definierte Grenze weit überschritten, und dasselbe galt auch für mich: ich überschritt die Grenze nur, um sie neu zu errichten, einzurichten und unzweifelhafte Grenzmarken wiederaufzustellen. Ich brauchte nicht lange zu überlegen, welche Ausrüstung für den zu erwartenden Einsatz wichtig war; in fünfzehn Minuten hatte ich mehr, als wir benötigen würden.

9.

Die Datentafel des Transmitters zeigte 3. Oktober 2443, 13 Uhr, als Cyriell, Kuten, Gamshedi von Thetaran und sechs Männer meiner Leibwache nach mir zur MASCAREN überwechselten. Das Riesenschiff war unterwegs zu den letzten verfügbaren Koordinaten des umgerüsteten Buccaneerschiffes COSMOSHARK, in dem eine ausgesuchte Mannschaft, Kennon, Ronald Tekener und der Gefangene, Piratenkapitän Noah Ahab Revenge, auf den Kontakt mit einem Transporter warteten, irgendwo in der Schwärze der Galaxis, nahe namenloser Sonnen. Das Riesenschiff pflügte rasend durch den interstellaren Raum, mit neunzig Prozent der gewaltigen Triebwerksleistung.

Während wir uns entspannten und in der Hauptzentrale die letzten Daten und Informationen verarbeiteten, versuchte ich mir vorzustellen, was der Smiler in der COSMOSHARK erlebte; jedes Crewmitglied hatte sich, so Tekeners letzte Meldung, in einen Piraten ›verwandelt‹. Die Zeit kroch quälend langsam dahin, Stunde um Stunde verging ereignislos, bis die positronischen Computer das Raffersignal dekodiert hatten, die Monitoren aufflammten und die langerwartete Information in alle Sektoren des Schiffes abstrahlten.

»Ladungsübergabe in vollem Gang. Koordinaten exakt ...« – es folgten Ziffern, Buchstabenreihen – »erwarten MASCAREN; werden mit Halbraumspürern der Springerwalze NIPAAM folgen. Maske noch perfekt.«

Ich drehte den Kopilotensitz halb herum, hob den Arm und sagte laut: »Transmitterverbindung zur COSMOSHARK aufbauen. Unsere Gruppe springt zum Buccaneerschiff. Die MASCAREN steuert die eben erwähnten Koordinaten an. Sollten wir das fragliche Sonnensystem finden, wartet alles auf meine Befehle. Am Ende des Fluges geht's zur Sache.«

»Transmitter geschaltet und stehen.«

»Abstand zur COSMOSHARK dreiundfünfzig Stunden.«

»Viel Glück! Wir erwarten einwandfreie Anweisungen.«

Die Transmitter schluckten uns und entließen uns in einen

umfunktionierten Laderaum, in dem uns Kennon und Tekener erwarteten. Im Schiff war es ruhig; das Umladen schien beendet zu sein. Tekeners Meldung enthob uns fast aller Fragen.

»Containerladung gelöscht in die NIPAAM. Während des Kontaktes hat sich Commander Ahab Revenge überaus kooperativ benommen; mit einem Psychostrahler hinter ihm. Die Springer waren an Bord und haben keinen Verdacht geschöpft. Wir sind hinter ihnen her; vier Halbraumspürer arbeiten mit Doppelmannschaft. Ich hoffe, Sie stören sich nicht an unserer atemberaubenden Verkleidung, Sir!«

»Noch nicht.« Ich schüttelte seine Hand. Kennon dirigierte unbewegten Gesichts die Antigravcontainer des Gepäcks in die Bereitschaftsräume. Ich sah mich um, zuckte zusammen und mußte wider Willen grinsen. »Wenigstens die Maskerade scheint erfolgreich zu sein.«

»Die Springer haben unsere Außenseiterrolle keinen Sekundenbruchteil lang in Zweifel gezogen.« Kennon, Tekener und einige Besatzungsmitglieder waren derart kostümiert, daß sie wahren Buccaneers glichen; einige von ihnen wären optisch selbst auf Sir Francis Drakes Schiffen als echte Piraten durchgegangen. Aber in allen Gesichtern sah ich Anspannung und Aufmerksamkeit. Ich schwebte zum Deck der Zentrale hinauf, begrüßte die Crew und setzte mich in den Kommandantensessel, den Tekener unbesetzt gelassen hatte.

Ich hob den Kopf und durchmusterte die Monitoren der Halbraumspürer. Die Koordinaten, die ich von Rat Cendrogim Tashtxan erhalten hatte, blinkten im Display der Kursrechner. Ich bog das Richtmikrophon heran und schaltete auf Rundspruch.

»Wir sind auf den Spuren der Konklave-Verbrecher«, sagte ich. »Die MASCAREN, vollbemannt und einsatzbereit, folgt der COSMOSHARK. Wenn wir das System erreichen, in dem sich die Arafrau und ihre mörderischen Freunde verstecken, werden wir nicht losschlagen, bevor wir nicht jedes Ziel kennen. Es ist denkbar, daß die Chipwürfel, die auf Zirkon zugeschlagen haben, auch im Versteck zur Verteidigung verwendet werden; in den kommenden Stunden sprechen wir die Ausrüstung der Landeteams ab.« Ich sah mich in der Zentrale um; die Frauen und Männer an den Pulten schienen sich gründlich vorbereitet zu haben. »Das Konklave ist der Versuch, eine neue Condos-Vasac zu gründen. Unser Schiff, ebenso wie die MASCAREN, hat Container voller Mooffs an Bord; bevor wir landen, werden die telepathischen Wesen uns mit etlichen Einsichten unterstützen. Unser Ziel ist klar: Wir werden das Versteck vernichten, wenn wir die Fabrik finden, auch diese, und wir werden keinen der am Konklave Beteiligten entkommen lassen. Wie lange wir der Springerwalze folgen müssen, weiß ich nicht.«

»Wir bleiben ihnen auf der Spur«, sagte der Pilot grimmig. »Der Springer entkommt uns nicht.«

»Hoffentlich.« Die Impulse in den Halbraumspürern blieben scharf, und die errechnete Position unseres Schiffes wechselte. Ich nickte Kennon auf dem Kopilotensitz zu und deutete auf die Bildschirme. »Bleibt dran und gebt Alarm, wenn der Springer den Linearraum verläßt.«

»In Ordnung, Sir.«

Auf dem Weg zu unseren Kabinen begegnete ich einigen USO-Piraten. Ich sah Teile der erneuerten und verbesserten Ausstattung; ich wußte, daß auch die Farben, Verzierungen und Bilder der Außenhülle verändert worden waren. Ich fragte eine ›Piratin‹ mit grünen Farbspuren im Haar und einer unvollständig entfernten Totenkopftätowierung auf der Wange nach dem Laderaum, in dem die Mooffs untergebracht waren. Ich lehnte mich an die transparente Wand, schloß die Augen und trat mit den schweigenden Wesen in telepathische Verbindung.

Der Alarm weckte mich aus einem unruhigen Halbschlaf. Ich zog stöhnend den Zellschwingungsaktivator unter dem Schulterblatt hervor, schwang mich aus dem Bett und stellte mich unter die heißen und kalten Schauer der Dusche. Während ich mich anzog, tappte ich zu den Monitoren und betrachtete gähnend Bilder und Informationen. Mit der MAS-

CAREN hatte es den erwarteten Kontakt gegeben, die Springerwalze und die COSMOSHARK hatten den Linearraum verlassen; weit voraus glühte die gelbe Sonne. Sirbis Wyk? Statt der Halbraumspürer arbeiteten jetzt die Geräte der Ortung und warfen einen Suchkegel von vier Astronomischen Einheiten Radius um die Sonne.

»Nicht alle Antis sind Schurken«, brummte ich. »Aber Dilais Trahir zählt zu den Spitzen der am meisten verabscheuungswürdigen Gesellschaft.«

Ich schlüpfte in die Stiefel und klemmte den Minikom ans Handgelenk. In der Hygienezelle stand Cyriell; die Duschen rauschten. Ein neues Signal: Die MASCAREN trat in den Normalraum ein und begann die hohe Eintauchfahrt abzubremsen. Aus den Lautsprechern kamen die gemurmelten Durchsagen und Kommandos aus der Zentrale. Während wir in der Messe schwarzen, starken Kaffee tranken, verdichteten sich die ersten Daten und Informationen. Ein mondloser Planet umkreiste die Sonne in etwa einer Astronomischen Einheit Abstand; die Springerwalze hatte sich dieser Welt genähert. Ein zweiter Planet mit einem ungewöhnlich großen Mond glitt auf einer sonnennäheren Bahn um das Zentralgestirn. Ich stellte den Becher ab und nickte Cyriell und Gamshedi zu.

»Wenn ich mich schon meinen Spezialisten aufdränge, muß ich auch wohlüberlegte Anordnungen treffen.« Wir gingen in die Zentrale. An Dutzenden Stellen bewegten sich Crewmitglieder; kaum einer trug noch Reste der Verkleidung. Ich setzte mich vor die Monitoren, grüßte Immo Madnes, Kommandant des Ultraschlachtschiffs, und sagte:

»Schleusen Sie ein Dutzend Korvetten aus. Ziel: der sonnennähere Planet. Sollten Sie dort irgendwelche Aktivitäten feststellen, sofort melden – nicht angreifen; das Konklave könnte gewarnt werden. Vollzugsmeldung in einer Stunde?«

»Verlassen Sie sich drauf, Sir.«

Die COSMOSHARK näherte sich langsam dem Planeten, hinter dem der Impuls des Springerschiffes jetzt verschwunden war. Der Logiksektor sagte: *Die Wahrscheinlichkeit, daß ihr den Burgtempel und die Stufenpyramide des Báalol finden werdet, nimmt zu.* Wir waren noch zu weit entfernt, als daß die Mooffs telepathische Impulse von der Planetenoberfläche hätten empfangen können. Die Daten summierten sich: Wir flogen einer Sauerstoff-Stickstoffwelt mit dicken Chlorophyll-Absorbtionslinien entgegen. Handelte es sich um das Versteck meiner Todfeinde, so würden wir einen leeren Planeten finden, mit einer winzigen Oase intelligenten Lebens; ich war ganz sicher, daß es sich so verhielt. Ich fühlte, wie die Anspannung der Crew wuchs.

Sinclair Marout Kennon saß im Kopilotensessel und verarbeitete Ferninformationen. Er sah zu mir herüber und sagte:

»Offensichtlich ein leerer Planet. Unendlich viele Wälder und Regenwald-Dschungel. Bisher sagen die Messungen, daß tadellose Atemluft zu erwarten ist; ein Prozent mehr Sauerstoff als die Norm. Anziehungskraft ein Zehntel mehr als Terra.«

»Unsere Bewegungen erfordern also mehr Energie, aber wir atmen leichter«, sagte ich. »Da wir in Schutzanzügen aussteigen, sind die Unterschiede von geringer Wichtigkeit.«

»Es wird nicht leicht sein, das Versteck zu finden«, erwartete Kennon. »Die Mooffs sind, was dessen Position betrifft, da auch wenig hilfreich.«

Die NIPAAM war hinter der Nachtseite der Welt verschwunden. Ich wartete und sah zu, wie die Beiboote aus der MASCAREN ausgeschleust wurden. Bisher hatten wir keine Suchstrahlung und keine ausgesendeten Ortungsimpulse aufgefangen, also durfte ich annehmen, daß wir unbemerkt und ungesehen geblieben waren. Die ersten undeutlichen Oberflächenansichten tauchten zweidimensional auf den Schirmen der Panoramagalerie auf. Aus dem Inneren des Schiffes ertönte Klirren und metallisches Krachen; die Korvette, deren Hangar von der USO-Werft eingebaut worden war, wurde einsatzfertig gemacht und bemannt. Langsam tasteten wir uns an Thyrnossa heran, und schließlich erreichte mich ein starker telepathischer Impuls von zusammengeschlossenen Quallenwesen.

Wir empfangen Lebensäußerungen von mindestens eintausend Lebewesen. Wo sie leben, ist jetzt Abend. Es herrscht aus zwei Gründen Aufregung: Ein fremdes Schiff wird entladen, und es haben sich wichtige Mitglieder einer Gruppe getroffen, die schwarze Gedanken hat. Niemand ist beunruhigt, weil sie daran glauben, ihre Verstecke auf Thyrnossa und Nabersaig, mit dem Mond Nüven, wären nicht zu finden. Im düsteren Hintergrund der Überlegungen von ungefähr zwei Dutzend Wesen lauert die Vorfreude auf den nächsten großen Schlag; wir haben den kalten Verstand der Ara-Frau isolieren können. Sie denkt an die Plünderung eines Grabmals.

Ich erschrak, richtete mich steif auf, und der Logiksektor knurrte: *Jetzt sind deine letzten Zweifel wohl endgültig beseitigt, Arkonide?*

»Fast endgültig.« Ich verließ den Laderaum mit den vielen Holoschirmen und fühlte die Blicke vieler Knopfaugen zwischen den Schulterblättern. In der Zentrale berichtete ich, daß wir nur in der Dämmerungszone zu suchen brauchten; dort, wo sie vor zwanzig Minuten über die Hemisphären gekrochen war. Die COSMOSHARK steuerte diesen Orbit an, und ich sprach mit dem Ertruser Immo Madnes, der seinen ersten großen Einsatz in der MASCAREN flog, jeden weiteren Schritt des Einsatzes ab: seine Logistiker notierten, machten Einwände, fragten und versicherten erwartungsgemäß, daß sie keine Schwierigkeiten haben würden.

Unser Orbit blieb triebwerksgeschützt und führte uns dreimal um den Planeten; wir blieben im Bereich der Sonnenstrahlung. Unter uns war Nacht, weder von Feuern, Vulkanen noch Scheinwerfern durchbrochen. Meine gelegentlich hervorbrechende Wut hatte sich in kalten Zorn und gezügelte Ungeduld verwandelt. Schließlich konnten wir die Ortungsimpulse, die während des letzten Überflugs aufgefallen waren, richtig deuten: Metallkonzentrationen wurden zu Raumschiffen, niederenergetische Schwingungen deuteten auf herkömmliche Kraftwerke hin, und später entdeckten wir nahe eines Flusses, nahe der Meeresküste, in einer Lichtung, verschwommenen Lichtschein. Ich hob die Faust, nickte Kennon, Cyriell und Tekener zu und sagte:

»Uns droht ein nächtliches Frühstück. Durchsage an alle: Bei Sonnenaufgang haben wir mit zweitausend Mann und viertausend Kampfrobotern und sämtlichem Gerät – und zwar lautlos – das Versteck umzingelt. Unsere Korvette, die SHARK, und die Beiboote der MASCAREN fliegen über die See an. Wir arbeiten hauptsächlich mit den Antigravtriebwerken. Ende. Zeitvergleich: In sieben Stunden neunzehn Minuten wird's dort hell, also sind wir in sechs Stunden ausgeschleust. Befehl: Jeder, der Schiff, Boot oder Gleiter verläßt, bleibt im Schutzanzug und hinter Abwehrschirmen. Bis zum Gegenbeweis rechne ich mit Stigmaviren-Insekten und drunggeladenen Chipelementen. Ende.«

Die Besatzung war vorbereitet, die Korvetten des großen Schiffes starteten von der gegenüberliegenden Seite der planetaren Umlaufbahn, und die Wahrscheinlichkeit, daß wir uns vier Stunden langweilen würden, wuchs.

10.

Mein Team, etwa zwei Dutzend Frauen und Männer, wurde in einem flachgehenden Pontonboot mit fast lautlos arbeitenden Aquajets abgesetzt; beladen mit Kommunikationsgeräten schob es sich am linken Ufer flußaufwärts, während Ketten aus Robots, Shifts und Spezialisten aus den Luken und Schleusen der Korvette zwischen die Baumwipfel sanken, etwa einen Kilometer vom Rand der Lichtung entfernt. Ab und zu schwebte geräuschlos und in großer Höhe ein riesiger runder Schatten vor den Sternen vorbei, die jetzt, gen Morgen, ihren strahlenden Glanz verloren. Wir sahen schweigend auf die Monitoren, die Bilder der Infrarot- und Wärmestrahlungssonden zeigten.

»Eine nicht ganz typische Klosterburg der Báalols«, flüsterte ich. »Im überwucherten Erdhügel verstecken sich Gewölbe, die hier vermutlich aus Holz, Metall und Kunststoff sind. Solche Stufenpyramiden bauen sie in allen Größen. Dieses Modell zählt zu den kleineren. Meist sind sie schwer befestigt und ausgerüstet.«

Cyriell und Kuten Tsenshab nickten. In den winzigen Helmlautsprechern schloß sich eine ›Fertig!‹-Meldung der anderen an. Ich sah auf die Uhr, wartete auf einen bestimmten Moment. Ein waffenstarrender, feldgeschützter Ring umgab unsichtbar die Lichtung. Der erste Sonnenstrahl fuhr übers Meer, die Brandung und den Fluß über den Dschungel. Mit einem Schlag zwitscherten, kreischten und tschilpten Millionen Vögel und affenartige Tiere, die in Schwärmen aufflogen und sich durch die Baumkronen schwangen. Ich preßte einen Knopf und rief: »Angriff!«

Die schweren Kampfmaschinen drangen durch Büsche, summten zwischen Stämmen, lösten mit röhrenden Desintegratorstrahlen breite Lianenvorhänge auf. Hinter ihnen stapften und schwebten die Spezialisten. Der Dagorista Gamshedi hatte das Boot beschleunigt, hob es jetzt aus dem Wasser und fegte auf das Ende des Weges zu, der vom Zentrum der Lichtung zu einem massiven Holzsteg führte. Die Außenmikrophone übertrugen die ersten peitschenden Lähmstrahlerschüsse, dazwischen mischten sich die Detonationen schwerer Hochenergiewaffen. Der flache Kiel des Pontons schrammte über die taufeuchten Bohlen; der Lärm, der aus allen Seiten gleichzeitig kam und sich genau im Mittelpunkt der geräumigen Anlage ballte, war trotz der geschlossenen Visiere unerträglich. Tote Vögel fielen wie Geschosse aus der Luft und den Wipfeln.

Wir sprangen rechts und links über die niedrige Bordwand, schwebten und stapften mit flirrenden Schirmen auf den Fluß der kleineren Tempelpyramide zu. Die Antimutanten hatten sich nicht durch Gegen-Ortungsschirme geschützt, also brauchten sie nicht zu versuchen, deren Belastbarkeit um ein Mehrfaches zu steigern, so wie sie es mit allen anderen Energieschirmen zweifellos taten. Wir rannten und schwebten weiter. Aus der Gegend der Wohncontainer und, wie wir annahmen, der Labors, schlug uns wütendes Feuer entgegen. Die Arbeiter hatten sich offensichtlich blitzschnell organisiert. Detonatoren frästen aus dicken Baumstämmen Löcher und Höhlen heraus, Moosbärte brannten, Lianen schwelten, eine Explosion wirbelte Dach und Vorderfront eines Containers zwanzig Meter weit schräg in die Höhe.

Ich spürte den ersten, ungerichteten Impuls einer hypnotischen Beeinflussung. Báalol! Er war auffallend schwach, und der Logiksektor schrie: *Die Gruppe der Báalols kann nicht groß sein. Vergiß den Tempel – zum Wohngebäude!*

Cyriell hastete hinter Tsenshab auf eine Terrasse zu. Zwei junge Aras bewegten sich hinter den geschnitzten Säulen, feuerten aus schweren Zweihandwaffen und wurden gleichzeitig von Cyriell, Kuten und drei Kampfmaschinen unter Feuer genommen; sie sackten unter den Einschlägen von Paralysatoren bewußtlos zusammen, während die Säulen zu brennen anfingen. Gamshedi und ich hielten vor dem breiten Eingang aus Holz, Glas und hochlackiertem Kunststoff inne und sahen uns kurz um.

»Um die Wohnquartiere und die Labors brauchen wir uns keine Sorgen zu machen«, sagte Gamshedi unterdrückt. »Da gibt es wenig Gegenwehr.«

Im gleichen Sekundenbruchteil zerbarst neben uns eine doppelt mannshohe Scheibe in tausend Splitter. Ein röhrender Glutstrahl traf meinen Schirm, wurde abgelenkt, schlug in Gamshedis Körperschirm und zerfetzte als Querschläger eine wuchtige Holzbarriere. Brennende Splitter surrten nach allen Richtungen. Wir sahen flüchtig, ehe wir eindrangen, daß Dutzende bewegungsloser Körper aus den brennenden Quartieren herausgeschafft wurden. Ein Beiboot der MASCAREN orgelte im Tiefstflug über die Lichtung, eine zweite Korvette folgte; beide eröffneten gezieltes Feuer auf die Raumschiffe am Strand, über die sich in fragwürdigem Schutz mächtige Bäume neigten. An mindestens dreißig Stellen brannten und rauchten Feuer. Die halb verwüstete Halle des Hauptbauwerks war leer; hinter mir rannten USO-Truppen herein und verteilten sich in etwa fünfzehn Quergängen und Treppen, die nach unten führten. Cyriell winkte. Wir folgten ihr, und ich überholte sie mit wenigen weiten Schritten.

»Hast du etwa die Arafrau gesehen?« rief ich. Sie schüttelte den Kopf. »Oder den Blue?«

Vor uns wurden Metalltüren aufgerissen. Neun Springer zählte ich, ehe ich feuernd zur Seite sprang, um den Kampfrobotern freies Schußfeld zu ermöglichen. Die Projektorläufe der Waffen Cyriells, Kutens und des Dagoristas entluden sich krachend; die Innenlautsprecher der Anzüge, deren Antigravanlagen alle Bewegungen erleichterten, knisteren überlastet. Um die Kampfmaschinen bildete sich eine Zone aus Energieblitzen, Feuer und Rauch, aber die Mannschaft der NIPAAM brach zusammen. Ich bewegte mich von einem zum anderen und starrte in ihre Gesichter; nach einigen Atemzügen stellte ich fest:

»Offensichtlich die Springer-Begleitmannschaft. Der alte Patriarch versteckt sich woanders. Weiter. Irgendwelche Meldungen?«

Keine Antwort. Nur unorganisierter Lärm und das Stakkato schwerer Atemzüge. Wir vier rannten etwa dreißig Schritt weiter, dann endete der Gang; sämtliche Räume an beiden Seiten waren zwar bewohnt gewesen, aber niemand hielt sich darin auf. Es gab auch keinen Hinweis auf hastige Flucht. Ich zuckte mit den Schultern, warf mich nach rechts und aktivierte das Antigravelement, ehe ich eine Handbreit über die Stufen abwärts schwebte.

Ob diese Anlage einen ähnlichen Bauplan hatte wie jene Stufenpyramiden, die ich kannte, war noch nicht zu erkennen. Ich mußte damit rechnen. Der Lärm, den die Außenmikrophone übertrugen, sank nach wenigen Sekunden zu einer bedeutungslosen akustischen Kulisse ab. Als ich um die erste Rundung schwebte, sah ich hinter einem Energieschirm, der den Korridor versperrte, drei Blues, die augenblicklich auf mich feuerten. Vier hastige Atemzüge lang war ich von der Energieflut, die meine Schutzschirme ableiteten, geblendet, schwebte nach rechts und wartete, bis die konzentrierte Feuerkraft der vier aufgerückten Kampfroboter den Schirm überladen hatte und zusammenfallen ließ, dann donnerten Kutens und meine Paralysatoren und mähten die Blues nieder.

Hatten wir den Huldvollen Gataser Losimon gefaßt? Es wäre der erste der obersten Gruppe gewesen. Ich schaltete das Antigravelement aus, lehnte mich gegen die Wand und wählte die Frequenz, die mich mit den Einsatzleitern verband.

»Atlan hier. Wir sind unter der Halle des Wohnbauwerks. Haben sich Stigmaviren-Insekten oder Chip-Elemente mit Drungfäden gezeigt?«

Ein rauhes Lachen war zu hören. Dann erkannte ich Tekeners beherrschte Stimme.

»Wir haben von den Labors nur glühende Schlacke und tiefe Krater zurückgelassen. Die schönen Schmetterlinge des Dschungels hat der Qualm vertrieben. Keine Stigmaviren-Horror-Hornissen, Sir.«

»Und keine Chip-Elemente?«

»Nicht eines. Wie geht's bei Ihnen voran?«

»Schleppend. Ich bin fast sicher, daß sich die fünf oder sechs Hauptfiguren versteckt haben oder geflüchtet sind.«

»Nicht Katana Nipas und Usma Lazu, Sir. Sie sprangen durch einen Transmitter, genau in unsere Waffenmündungen. Wir stellten sie in der halb zerschossenen Springerwalze. Sie lieferten uns ein erbittertes Gefecht in den Schiffskorridoren; als ihre Lage aussichtslos wurde, scheinen sie sich selbst vergiftet zu haben. Wir haben die Körper selbstverständlich sichergestellt, zusammen mit den Toten, Verletzten und Bewußtlosen rund um den Schiffsfriedhof.«

»Gut. Danke. Wir suchen in den Kavernen weiter«, sagte ich und schloß mich Cyriell an, die dem Dagorista nachrannte.

Gänge, Treppen, Korridore, kleine Räume und Rampen folgten einander in rechten Winkeln. Die Wände bestanden aus kantigen Bohlen und eingeschraubten Stahlplatten. Ich war hinter mindestens einem Arkoniden, einem Akonen, dem Báalol und möglicherweise dem Huldvollen her. Nun rannten wir durch eine unübersichtliche, zwar nicht gerade labyrinthische Anlage, folgten dicken farbigen Energieleitungen, sahen Vorräte, Magazine, Kraftstationen, und plötzlich schlug uns eine heftige Druckwelle entgegen, verbunden mit einer scharfen Detonation. Der Körper eines Blues flog, sich überschlagend und mit den Gliedern schlenkernd, durch einen Schottrahmen. Ich sah auf einem schwelenden Stück Kleidung neben ihm auf dem Boden das kreisrunde Abzeichen der Condos-Vasac.

»Losimon?« fragte ich. Einige Meter weiter, in einer mit Metall und schmelzendem Kunststoff ausgeschlagenen Kammer, deutete Kuten Tsenshab schweigend auf die ausgeglühten, verbogenen Reste eines Transmitters, den die Vernichtungsschaltung zerstört hatte.

»Grayvel Klanx und der Báalol? Geflüchtet?« fragte er.

»Durchaus denkbar.« Ich ging vorsichtig um die Reste des Gatasers herum. »Losimon war wohl zu langsam. Wohin die beiden geflüchtet sind, läßt sich nur durch ein Wunder ermitteln.«

Auch hier schwelten und brannten Boden, Teile der Decke und der Wände. Wir untersuchten diesen Teil der Anlage und fanden, obwohl wir alles einsetzten, das uns helfen konnte, weder Spuren des Gottpriesters noch des Akonen vom blauen CV-Kreis. Es gab auch keine geheimen Ausgänge; ich schaltete meine Körperschutzschirme ab und senkte die Temperatur im Inneren des Anzugs.

»Zurück«, sagte ich leise. »Hinauf und kurze Besprechung. Andere Teams haben die Teile des Sockelbauwerks kontrolliert; wir werden sehen, was vom Konklave übriggeblieben ist.«

»Es wird nicht sonderlich viel sein«, meinte Cyriell. Wir postierten zwei Kampfroboter an den Korridorkreuzungen und stiegen in mäßiger Eile hinauf in die Halle. Die Brände waren gelöscht; Boden und Wände dampften und troffen von grauem Wasser. Ich sah durch zerfetzte Scheiben, leere Rahmen und von Robotern eingedrückte Wände nach draußen: ungefähr zweihundert Kampfmaschinen sicherten die beiden

Bauwerke. Ronald Tekener, den Helm unterm Arm, kam auf mich zu, salutierte kurz und setzte sein eigentümliches Lächeln auf.

»Ich würde sagen: fast alles unter Kontrolle, Lordadmiral. Siebenhundert Gefangene abtransportiert. Hundertvier sind aus der Bewußtlosigkeit nicht mehr aufgewacht.«

»Hydrazeichen?« fragte ich. Er nickte ernst.

»Einwandfrei. Assassinen, die sich selbst umbrachten, als sie sahen, daß sie gefangen waren.«

»Unsere eigenen Verluste?«

»Zwei Fälle, in denen die Anzugsversorgung durchdrehte; die beiden husten noch. Ein paar Prellungen. Sie können ungezwungen die Helme öffnen – die Luft ist ausgezeichnet, wenn auch ein gewisses Brandaroma nicht zu verkennen ist.«

»Begreiflich. Trahir und Klanx sind per Transmitter entkommen«, sagte ich.

»Vielleicht in ein verstecktes Schiff?« Cyriell hob das Visier und drückte auf den Halsverschluß des Helms. »Oder an eine andere Stelle des Planeten? Was haben Sie von der MASCAREN gehört? Existiert die Fabrik noch?«

»In Gasform und als schmieriger Belag auf Mondfelsen.« Tekener nickte knapp. »Das Schiff ist hierher unterwegs und hat alles dokumentiert.«

»Ich sehe mir die Reste des Lagers und des Labors an.« Ich deutete in die Wolke aus Rauch und Dampf abseits der zentralen Anlage. »Beziehungsweise deren Reste. Nichts gefunden, Smiler, was uns weiterhilft?«

»Jedes Fach in jedem Raum wird geleert, jeder Speicher überspielt, und alles, was wir finden, bringen wir in die COSMOSHARK.«

»Bis gleich.«

Gamshedi und ich schwebten schräg abwärts auf die Reste der ehemaligen Pfahlbauanlage zu. Das große, dreieckige Areal war durch einen hohen Zaun gesichert gewesen. Pfosten und Zaun waren zerrissen, umgelegt und zusammengeknäuelt; einige Stümpfe der senkrechten Träger lagen verkohlt in tiefen Trichtern, deren geringster Durchmesser fünfundsiebzig Meter betrug. Die Oberfläche war von einem Belag bedeckt, wie schmutziges, erstarrtes Wachs voller undefinierbarer Einsprengsel. Die Masse bewegte sich langsam dem tiefsten Punkt der Krater entgegen, schwelte, dampfte und rauchte. Wir schwebten langsam entlang der Kraterränder an versengten Baumstämmen vorbei, tiefer in den Wald hinein; die Pfade, auf denen wir Hydra-Arbeiter niedergeschossen hatten, waren leer. Die Reste der zerstörten Anlage stanken durchdringend. Mein Dagorbruder griff nach einem halbverkohlten Ast, drehte sich in der Luft halb herum und sagte:

»Dieses Problem ist endgültig erledigt, Atlan. Hier wird niemand mehr wohnen und Viren züchten.«

»Hier nicht, Gamshedi.« Ich packte einen Griff seines Anzugs und zog ihn in die Richtung auf die große Tempelpyramide. »Es widerspräche der Natur der Báalols, einen solchen Überfall nicht einkalkuliert zu haben. Es gibt, fürchte ich, ein zweites Versteck oder sogar mehrere.«

Als wir uns der Nordseite der Stufenpyramide näherten, schwebtem vom Boden der Lichtung her ein Kampfroboter und zwei gepanzerte Raumfahrer. Die Maschine hielt einen schlaffen Körper in den Greifern. Wir erkannten weißes, schulterlanges Haar und blutgetränkte Kleidung; wir sahen uns überrascht an.

»Ein Arkonide?« murmelte ich. »Vielleicht der Arkonide, der am Konklave teilgenommen hat?«

Von der Brüstung einer Terrasse führten Spuren über den Hang, zwischen Gras, kleinen Büschen, Felsen und dem Holz der Konstruktion. Der Mann war offensichtlich geflüchtet, von der Terrasse gesprungen und nicht etwa durch Büsche und Gras gerutscht, sondern er hatte sich überschlagen und die Knochen an Steinen und Hölzern gebrochen. Der Roboter setzte den Blutüberströmten auf dem Terrassenboden ab. Wir landeten neben ihm. Ein Terraner nahm seinen Helm ab, tat einige tiefe Atemzüge und zeigte auf das Gesicht des Arkoniden.

»Ich kenne ihn, Gwalon-Pira, von Tabinthra, glaube ich; er

hat auf Fossil studiert, in der Atlan-Uni. Holt einen Medorobot!«

»Und schafft ihn hinüber zum Strand«, sagte ich. »Wir wollen hier bald vollendete Tatsachen hinterlassen.«

Cyriell hatte unsere Landungsboote und Antigravplattformen sinnvoll eingesetzt. Sie schwebten ständig zwischen der Lichtung und dem riesigen flachen Meeresstrand hin und her, auf dem die Beiboote gelandet waren; die ebene Fläche aus Dünen und kargem Bewuchs eignete sich hervorragend als zentrale Basis unseres Unternehmens. Der Medorobot, der den jungen Arkoniden untersuchte, zog die Sonden zurück und blinkte mit roten Kontrollichtern. Der Bewußtlose war gestorben, noch ehe die Maschine mit ihrer Arbeit begonnen hatte. Ich ächzte, wieder würden wichtige Informationen fehlen.

Die Roboter arbeiteten weiter; Teile der Inneneinrichtung, Gefangene, Bewußtlose und Tote, Folien, Speicher und andere Unterlagen wurden aus den Bauwerken geschafft, in denen die Spezialisten schwere Spreng- und Hitzeladungen anbrachten. Das Beutegut bedeckte große Teile des Strandes. Ich setzte mich neben Gamshedi auf die Brüstung und stellte den Helm auf die Holzplatte.

»Kampf, Verletzte, Tote. Ist es ein Erfolg für uns, bisher?« fragte ich leise. »Bis auf Trahir und Klanx, Vertreter des violetten und blauen Kreises der erneuerten Condos-Vasac.«

»Wir sind hier noch nicht fertig, Sir!« rief Tekener aus dem verwüstetem Inneren des Gebäudes.

Unser Abzug ging geordnet vor sich. Spezialisten und Maschinen arbeiteten mit gewohnter Perfektion zusammen. Ich winkte Tekener und deutete in die Richtung der Flußmündung.

»Kommen Sie mit, Smiler. Wir inspizieren den Schiffsfriedhof und unsere Basis.«

»Sofort, Sir.«

Wir schwebten entlang des Flußufers auf den Strand zu, bogen vor der Brandung nach rechts und landeten im feuchten Sand. Die Mittagssonne brannte herunter. Am Rand des

Dschungels standen die Raumschiffe der Konklaveteilnehmer, abseits davon die schwer zerschossene NIPAAM; die Mannschaft hatte Sekunden nach unserem Angriff zu starten versucht, hatte einige Meter abgehoben und war vom konzentrierten Feuer der Korvetten getroffen worden. Die geknickten Landestützen hatten sich tief in den Ufersand gebohrt. Die kleine arkonidische Yacht war unversehrt, ebenso das Bluesschiff. Sieben Korvetten der MASCAREN standen mit weit geöffneten Luken und Schleusen in einer Reihe entlang der Wassergrenze. Tekener sagte leise:

»Die MASCAREN und die COSMOSHARK sind im Orbit geblieben.«

»Dort sind sie gut aufgehoben«, meinte ich. »Haben Sie schon zählen können, wieviel Personen sich hier versteckt hielten?«

»Noch nicht genau, Sir. Es waren über tausend.«

Inzwischen hatten alle Angehörigen unserer Kommandos die Schutzschirme ausgeschaltet; ich sah nur noch wenige Spezialisten im Kampfanzug stecken. Von See her kam kühler Wind in einzelnen Stößen, gewaltige Mengen Krabbentiere raschelten am Strand, zwischen faulendem Fisch und den Wällen des Treibguts.

Sanitäter, Mediziner und Medorobots kümmerten sich um die Gefangenen, von denen die meisten bewegungslos im Sand lagen. Sämtliche Fundstücke wurden zur Polschleuse der Korvette gebracht und würden mit der COSMOSHARK nach Quinto-Center zur Auswertung und Analyse geflogen werden. Langsam ging ich am Rand des Bereichs entlang, der unter einem großen Schatten-Feldschirm lag. Cyriell und Kuten kamen vom Schiff, sahen mich und winkten. Ich war überzeugt – aus bisheriger Erfahrung –, daß alle überlebenden Hydra-Arbeiter beim ersten schweren Verhör sich selbst umbringen würden; diese willenlosen Wesen hatte der Báalol hier als billige Akkordarbeiter, nicht als Assassinen beschäftigt. Ich zuckte mit den Schultern und sagte zu Gamshedi:

»Hier sind wir überflüssig. Niemand braucht uns, keiner wartet auf meine Befehle. Gehn wir in die Korvette und sehen uns an, wie diese Chipwürfel-Fabrik dem Mondboden gleichgemacht wurde.«

»Einverstanden.«

Der Extrasinn sagte: *Du mußt Teams zusammenstellen, von denen die Beuteschiffe auf einen USO-Planeten gebracht werden. Akonenboote und das Bluesschiff sind nicht leicht zu fliegen.* Wir hatten Spezialisten für jeden Zweck ausgebildet; es würde keine Schwierigkeiten geben. Wir blieben vor Cyriell und Kuten stehen.

»Bis jetzt sieht es so aus, als ob die USO das Konklave gesprengt und weitere Angriffe von Viren und Chips verhindert hätte«, sagte ich leise.

»Hast du schon daran gedacht, deinen siegreichen Truppen einen Strandnachmittag zu verordnen?« fragte Cyriell lächelnd. »Unter den Planeten von hundert Milliarden Sonnen in der Galaxis haben wir wenigstens wieder einmal einen idyllischen Strandabschnitt gefunden.«

»Idyllisch ist der Strand erst wieder, wenn überhaupt, wenn dieser provisorische Raumhafen sich aufgelöst hat«, sagte ich. Am Waldrand hob die Mannschaft einer Korvette mit Traktorstrahlen eine eckige, tiefe Grube aus, das Grab für die Opfer unseres Einsatzes. »Morgen lasse ich mit mir reden wegen ein paar Stunden Freizeit. Ins Schiff, Freunde.«

Die Bilder, gestochen scharf, stammten von verschiedenen Korvetten. Die Schiffe näherten sich einem Planeten, dessen großer Mond Nüven in einer ungewöhnlich engen Bahn um die Mutterwelt kreiste. Nüven bestand aus rötlichem Gestein. Die Fabrikationsanlagen waren flache, schwarze Kästen, die in einer langen, geschwungenen Reihe zwischen zwei Landeplätzen errichtet waren. Als ich bestimmte Einzelheiten der Anlage erkannte, mußte ich an die Technologie der Meister der Insel denken. Hatte ich recht mit dieser Einschätzung? Das Licht der Sonne Sirbis Wyk war stark genug, um klare Bilder, große Tiefenschärfe und die Gegensätze von Bauwerken und Schatten zu zeigen. Madnes sagte:

»Automatische Flugkörper verkehren zwischen einigen

Punkten der Planetenoberfläche und den Rohstoffsilos. Sie holen, denken wir, hauptsächlich polykarbone Substanzen, die sich leicht in Plastikkunststoff umbauen lassen. Wir haben viel gerechnet, Sir. Die Kapazität dürfte ausreichend für Überfälle auf drei oder vier Planeten von Terra-Bedeutung sein. Wir orteten siebenundzwanzig Transporter und zerstörten sie.«

Der Angriff der Korvetten erfolgte anscheinend völlig überraschend. Ob die Station auf Nüven automatisch gesteuert oder von Lebewesen bemannt war, blieb bis zum Ende der Dokumentation völlig offen. Ein Schiffsverband der Korvetten zerstörte die Shuttles, die Material von den glitzernden Sümpfen, Seen und Schlammebenen Nabersaigs holten, im planetennahen Weltraum. Die glühenden Reste stürzten im Schwerkraftschacht auf den Planeten zurück. Am vorderen Ende der Produktionsstraße entluden zwei Schöpfboote ihre Ladung und wurden von den Geschützstrahlen zerfetzt. Die Krater im Mondboden glühten.

Eine Halle nach der anderen löste sich auf, brach zusammen, stürzte ein, wurde in Reihen greller Detonationen vernichtet; Gaswolken in vielen schillernden Farben breiteten sich lautlos in abenteuerlichen Formen zwischen schmelzenden Antriebsblöcken, Steuerelementen und Maschinenteilen aus, hin und wieder von Flammen oder Leuchterscheinungen durchzuckt. Die Flächen schmelzender und nachglühenden Mondbodens sowie die Anzahl der Krater nahmen zu. Es gab keine Gegenwehr.

»Sie haben sich in diesem galaktischen Winkel offensichtlich völlig sicher gefühlt«, kommentierte Madnes. »Der Einsatz dauerte sechsundneunzig Minuten. Danach suchten wir den gesamten Mond peinlich genau ab.«

Etwa fünfzehn Produktionshallen mit je dreißigtausend Kubikmetern Größe und sämtlichen Maschinen, Röhren und Transportmechanismen samt vier Kraftstationen wurden zerstört. Die Maschinenblöcke blieben als weißglühende, schmelzende Metallmassen zurück, als die Korvetten sich zurückzogen und langsam über die Mondoberfläche zu kreisen begannen. Gegen Mittag schleusten einige Korvetten in die MASCAREN ein, die anderen rasten den Kampfeinheiten hinterher, die uns auf Thyrnossa unterstützten. Immo Madnes' Stimme klang zufrieden:

»Das war's. Die MASCAREN bleibt einsatzbereit im Orbit um den anderen Planeten. Ende der Dokumentation.«

Gamshedi lehnte sich zurück und schlug die Beine übereinander.

»Aus den sichergestellten Unterlagen werden wir wohl erfahren, ob es die einzige Produktionsstätte der Chip-Elemente war, Atlan.«

Die erste Korvette startete kurz nach der arkonidischen Yacht, dem erbeuteten Bluesschiff und dem akonischen Raumrenner. Das Beiboot der MASCAREN brachte die wichtigsten Gefangenen – die Begleiter der Arafrau und des Akonen, zwei überlebende Blues, einige Springer und vier Antis – mit vielen Containern auszuwertender Unterlagen, zum Ultraschlachtschiff und später nach Quinto-Center. Das Grab füllte sich mit Toten. Ich steuerte den Gleiter zur Schattengrenze der Schirme und hielt an.

»Wie verhindern wir den Massenselbstmord?« fragte ich. Gamshedi im Kopilotensitz hob ratlos die Schultern. Etwa fünfhundert ausnahmslos junge, männliche Gefangene hockten oder lagen im Sand; einige trugen Verbände und Pflaster. Zwischen ihnen bewegten sich bewaffnete Mediziner und summende, blinkende Medorobots. Mein Dagorbruder brummte:

»Das kann uns niemand sagen. Ab dem Punkt verschärfter Befragung, also vor jeder Art Verhör, bringen sie sich um. Alle haben das Hydrazeichen unter der Zunge tätowiert; ultraweiche Röntgenstrahlung von 20 375 Nanometer macht's sichtbar.«

Der Herzmuskel hörte schlagartig zu kontrahieren auf, ein nichtmetallischer Sprengstoffsatz zerstörte einen Teil des Hirns und des Rückenmarks; seit Jahrzehnten waren diese Umstände der USO bekannt. Ich öffnete die Gleitertür und stieg in die unwesentlich größere Schwerkraft. Zwei Rumaler stapften durch den knirschenden Sand heran.

»Sir. Wir haben nicht viel erfahren. Ein paar von ihnen haben keinen Selbstmordimpuls. Sie waren, mehr oder weniger, nur bewaffnete Bauarbeiter, ohne Mordaufträge.«

»Nach Beseler. Bis auf weiteres. Mir fällt nichts anderes ein«, sagte ich. Unsere Minikome summten; Tekener warnte nur:

»Ohren zuhalten und nicht erschrecken, Sir! Es geht los auf der Lichtung!«

Ich nickte den Spezialisten zu. »Bringt sie in die MASCAREN und dann in ein gesichertes Lager auf dem Strafplaneten. Irgendwie wird sich dieses Problem von selbst lösen.«

Zuerst bebte der Boden, dann fegte die Detonationswelle heran; Sekunden später hallten die schmetternden Explosionen über den Strand. Hinter der Kulisse des Waldes zuckten kurz hintereinander elf Blitze in die Höhe. Elf Detonationen wirbelten schwarze Pilzwolken auf, aus denen zerfetzte Bäume geschleudert wurden. Lehm, Wasser und Erdreich verwandelten sich in Dampf und schwarzen Rauch und bildeten eine linsenförmige Wolke, die sich ausbreitete und brodelnd hochstieg. Als die Echos der Explosionen verhallt waren, sprangen Dutzende von Hydra-Gefangenen auf, rannten auf den Rand der Schatten zu, rissen die Arme in die Höhe und brachen schreiend zusammen. Die meisten Männer blieben aber sitzen und starrten schweigend vor sich hin.

Du wirst nichts erfahren, Arkonide! rief der Logiksektor. *Nicht einmal, warum die Sprengungen den Tod auslösen. Die Methoden der Báalols sind todsicher!* Ich starrte in den Sand und nickte.

»Wir versuchen es trotzdem«, sagte ich. »Bringen Sie die Überlebenden in die Korvette, McGhyn.«

Der Spezialist salutierte kurz und ging auf die nächste Gruppe Medorobots zu, deren Diagnosesonden auf den reglosen Körpern der Hydra-Arbeiter ruhten. Die kochendheißen Gaswolken gerieten in den Einfluß der Seebrise, die Rauchsäule legte sich schräg, und Erdreich, Pflanzenteile und die zerstäubten Reste der Stufentempel begannen sich über den Dschungel zu senken. Aus den Luken der NIPAAM III schwebten Ladungsteile und Container in die Laderäume der MASCAREN-Korvette.

Ronald Tekener wartete, bis der letzte Punkt unserer Kurzzeitplanungen diskutiert war. Er blickte in die Linsen und sah mich an, ohne zu lächeln.

»Auf diese Weise wird viel Leerlauf vermieden, Sir. Ich wiederhole: Sinclair Marout Kennon übernimmt das Kommando über die COSMOSHARK. Revenge, der Pirat, geht mit allen anderen Gefangenen zur MASCAREN. Morgen benutzen die Freizeitler die Transmitter und fliegen, zusammen mit Ihnen, die Korvette abends zum Schiff zurück. Mit dem Start aus dem Orbit endet der Einsatz. Sie wechseln so bald wie möglich zurück nach Quinto-Center. Klar?«

»Und Sie fliegen nach Zirkon«, sagte Cyriell, »beenden dort unseren Einsatz und richten neue USO-Verstecke ein.«

»Bin schon unterwegs.«

Ich tippte grüßend mit drei Fingern an die Stirn und verließ die Zentrale der Korvette. Der Strand war bis auf die fladenförmig zerschmolzenen Reste der NIPAAM III und die Korvette leer. Drei Gleiter standen im Schatten des Beibootes. Drei Tage hatten genügt, das Lager aufzulösen; die Mission war vorbei. Die Frauen und Männer des falschen Piratenschiffes freuten sich auf einen ruhigen Tag Urlaub am Strand von Thyrnossa.

Zwischen dem Rand der Baumsavanne und der Strandlandschaft, die weiter südlich aus vielen kleinen Buchten bestand, breitete sich ein Streifen niedriger Dünen aus. Der Schatten des Gleiters glitt über den Sand und blieb hinter uns zurück, als ich den Bug der Maschine in die Morgensonne drehte. Gamshedi schirmte die Augen ab und rief durch das Summen des Fahrtwindes:

»Zu den blauen Felsen, Atlan! Da sind Bäume. Vielleicht auch eine Quelle. Jedenfalls sind dort Ruhe und Wasser.«

Ich verringerte die Geschwindigkeit. Wir hatten den Kreisbogen fast beendet, befanden uns nun drei Kilometer entfernt von der Korvette und zweihundert badenden, schwimmenden und faulenzenden USO-Spezialisten. Der Gleiter schwebte schräg einen Sandhang hinunter, der von Büschen und Gräsern mit silbernen Rispen bewachsen war. Einzelne Felsen, in deren Windschutz Gebüsch und Bäume wuchsen, warfen kühle Schatten. Farbenprächtige Vögel flogen mit trägem Schwingenschlag auf, als ich die Maschine landete und abschaltete.

»Hier werden wir es bis zum Abend aushalten.« Kuten Tsenshab kletterte über die Bordwand und begann die Quelle zu suchen. Das Summen des Windes hörte auf, nur hin und wieder wehte eine kühle Brise über den offenen Kessel. Wir zogen uns im Schatten um, breiteten Decken aus, öffneten die Proviantcontainer, und Gamshedi pflanzte zwei Lautsprecher in den Sand.

»Willst du singen, Dagorista? Oder nur stundenlang die Brandung niederbrüllen?« fragte Cyriell.

»Wart' nur.« Er grinste und zerrte die Ledersäcke von der Ladefläche. »Zuerst kommt das Sonnenbad.«

Wir zerrten einige Treibholzäste an der Hochwasserlinie zur Seite und wateten ins Meer. Nun spürte auch ich die größere Oberflächenschwerebeschleunigung; der Eindruck verging schnell, als das Wasser unsere Körper trug. Das Meer war im Bereich der versteckten Bucht warm genug für langes, erholsames Schwimmen. Im Gegensatz zum Salzwasser vieler Welten, das ich kannte, schien Thyrnossas Ozean einen Geschmack nach Metall zu haben; auch das Sonnenlicht zwei, drei Meter unter den Wellen wies einen bronzenen Stich auf. Ich tauchte prustend auf und rückte den Zellaktivator zurecht.

Tekener grinste, tauchte und zog mit kräftigen Schlägen zum Ufer zurück. Ich ließ mich treiben und zählte Wolken, wurde in die Brandungswelle gesogen, herumgewirbelt und sanft im seichten Wasser abgesetzt. Ich sah mich um; Cyriell döste und schlief in der Sonne, Schutzöl glänzte auf ihrem Körper. Ich duschte mich mit Quellwasser, das Kuten zum

Gleiter geleitet hatte, trocknete mich ab und zog eine Flasche voll Eistee aus unserem Vorrat. Gamshedi und Kuten hatten Minikome, einige Dagor-Waffen und unsere Strahler auf einer Decke ausgebreitet. Einige Vögel stakten zwischen den Krabben am Strand, und im Blattwerk summten Insekten. Ich streckte mich aus und schloß die Augen: Aufregung und Hektik der letzten Tage schienen unbedeutend zu werden, sich in dunkle Winkel des Verstandes und der Empfindungen zurückzuziehen. Eine Weile lang versuchte ich, vor dem wirbelnden Hintergrund der galaktischen Situation die letzten Ereignisse zu bedenken, richtig einzugliedern und zu analysieren; ich schlief plötzlich ein.

Der Geruch von Patschuli weckte mich. Es war Mittag, höchster Sonnenstand, die Schatten waren gewandert. Kuten Tsenshab und Gamshedi hatten sich gegenseitig mit dem Öl massiert und trampelten einen Kampfkreis in den Sand. Ohne uns zu beachten, kamen sie zum Gleiter zurück; plötzlich hallten laute, ungewohnte Klänge durch die Bucht. Die Watvögel schwangen sich in die Luft und krächzten protestierend. Der Extrasinn rief: *Altarkonidische Zeremonien- und Marschmusik!*

Gamshedi setzte grinsend die Sonnenschutzbrille auf, hob die lange Klinge und rief: »Lange nicht gehört, Dagorbruder?« Auch auf Tsenshabs Schwert glänzte der dicke Klingenschoner. »Ich bring' dem Kleinen ein paar nützliche Schläge bei.«

»Übertreibt's nicht«, warnte ich. »Danach können wir beide ein bißchen trainieren. Eigentlich ist es viel zu heiß.«

Sie traten mit schwingenden Schwertern, nur mit dem linken Unterarmschutz, mit bloßem Oberkörper in den Kampfkreis und begannen mit vorsichtigen Scheinangriffen. Kuten versuchte, sich im Takt der Trommeln und Trompeten zu bewegen, und Gamshedi versuchte langsam und konzentriert, ihm die Verbindung zwischen einzelnen Elementen und der gesamten, siegreichen Schlagabfolge beizubringen; ich setzte mich auf die Ladefläche, baumelte mit den Beinen und trank kalten Tee.

Kuten landete trotz seiner kurzen Dagor-Ausbildung einige überraschend klare, ›klassische‹ Treffer; wir hörten zwischen den Takten der Musik die knackenden Geräusche, mit denen die geschützten Schneiden auf die Körper oder den stählernen Armschutz trafen. Binnen weniger Minuten waren beide Kämpfer schweißübergossen, und die Erleichterungs- und Aufmunterungsrufe klangen rauh und keuchend. Cyriell stürzte, ohne abzusetzen, den Inhalt einer Fruchtsaftflasche herunter und fragte:

»Das ist das Geheimnis deiner USO, wie? Trotz größter Hitze kraftvoll im Einsatz, auch wenn Schlafen und Schwimmen gesünder wären?«

»Gerade wegen der Hitze.« Ich lachte. Der alte Triumphmarsch endete mit einem krachenden Wirbel altarkonidischer Kesselpauken. »Dein Leibwächter nimmt seine Aufgabe ernst. Wollen wir die Strandkrabben erschrecken?«

Sie nickte. Ich setzte die dunkle Brille auf, steckte den Minikom an und nahm ihre Hand. Wir gingen an den Kämpfern vorbei, schlenderten zum Strand; bis zu den Knien in der Brandung gingen wir langsam nach Süden und sahen uns um. Schon fünfzig Schritt jenseits der Felsen hörten wir die Musik nicht mehr, nur das Rauschen der Brandung. Wir fanden Muschelschalen und die Gehäuse seltsamer Seebewohner, voll Sand und in glühenden Farben, scheuchten Vögel auf und echsenartige Aasfresser, kletterten zu windzerzausten Bäumchen auf die Kuppen langgezogener Dünen und folgten dem Quellrinnsal wieder zurück zu den Felsen, die unsere Bucht abgrenzten. Ich blickte über die Kuppe in den Kessel der Bucht und zuckte zusammen.

Ich duckte mich und drückte Cyriell zu Boden. Sie starrte mich erschrocken an. Ich legte den Finger an die Lippen und hob vorsichtig, an einer anderen Stelle, den Kopf aus der Deckung.

Kuten und Gamshedi lagen bewegungslos in der Mitte des Kampfkreises. Der Musikchip war abgespielt; es herrschte Stille. Zwischen dem Heck des Gleiters, der wieder im Schatten stand, und dem Hang zur Savanne, bewegte sich in weiten Sprüngen eine samtbraune Gestalt mit langem, schwarzem Haar abwärts, eine Energiewaffe in der Hand. Der Akone trug einen enganliegenden, sandfarbenen Anzug und war schnell wie eine Raubkatze. *Grayvel Klanx, der Akone des Konklave!* sagte der Logiksektor. *Er hat die Niederlage nicht verwunden!*

Ich kannte die Überheblichkeit und den krankhaften Stolz der meisten Akonen jedem anderen galaktischen Volk gegenüber. Wo war Diolais, der Anti? Klanx schien zu wissen, daß wir uns hier aufhielten und suchte uns. Ich zog mich zurück und flüsterte:

»Klanx macht den letzten Fehler seines Lebens. Er verläßt sein Versteck, weil ihn sein Haß blind macht. Bleib hier versteckt, Cy. Such dir scharfe Steine als Geschosse. Ich muß versuchen, zu einer Waffe zu kommen.«

»Gib acht«, warnte sie fast unhörbar. »Er hat die besseren Karten. Du bist nur mit einer Badehose bewaffnet.«

Ich grinste, duckte mich und begann zu rennen. Ich schlug von Deckung zu Deckung hetzend, einen Halbkreis um die Bucht und blieb schwitzend und schwer atmend zwischen den Felsen stehen, unter denen der Gleiter mit der gesamten Ausrüstung stand, von unseren Stranddecken umgeben. Rasend schnell schossen Überlegungen und Fragen durch meinen Kopf. Das Gegengerät des Fluchttransmitters befand sich also auf diesem Planeten, höchstwahrscheinlich ganz in der Nähe der Felsenbucht. Der Anti und der Akone waren entkommen; nur Grayvel Klanx' Haß und Mut waren groß genug: Er wollte sich an mir rächen. Wo verbarg sich Diolais? Waren Kuten und der Dagorbruder betäubt, oder hatte er sie getötet? Er ging langsam auf die Körper in der grellen Sonne zu. Zwischen dem Gleiter und dem Kampfkreis steckte ein Dagorschwert im Sand, als sei es aus den Wolken gefallen. Ich flüsterte in den Minikom:

»Atlan hier. Wir brauchen schnell und lautlos Hilfe. Der Akone will uns umbringen. Wir sind in der Bucht ...«

Ich gab unseren Standort durch und sprang, als Klanx sich über Kuten beugte, schräg abwärts und landete auf einer winzigen Düne. Ich rutschte bis neben den Gleiter, sprang zur Seite und griff nach einem Strahler.

Klanx hörte das Knirschen des Sandes, fuhr herum und feuerte. Ich hatte mich über die Schulter abgerollt, und der Schuß wirbelte aufglühenden Sand hoch. Ich zwinkerte, sprang im Zickzack zur Seite und wich zwei weiteren Schüssen aus, ehe ich ihn traf. Ich schoß ihm die Waffe aus der Hand, überschlug mich und kam wieder auf die Füße. Ich starrte ihn lauernd an und sah, daß ich die Lähmstrahlen eingesetzt hatte. Klanx bückte sich, griff in eine Unterschenkeltasche und stieß einen Schrei aus. Er schleuderte, während er einen unglaublich weiten Satz zur Seite machte, eine Anzahl Dolche oder Nadeln auf mich; die Bewegung war blitzschnell gewesen. Ich war nicht schnell genug, und zwei fingerlange blitzende Nadeln bohrten sich in meinen Unterarm.

»Ich bring dich um, Arkonide!« schrie Klanx. »Deine Truppen haben alle Freunde umgebracht ...«

»Ich habe zurückgeschlagen, Akone«, sagte ich, riß die pendelnden Projektile aus dem Handgelenk und den Fingern und rannte auf das Schwert zu. »Wer mit dem neuen Krieg anfängt, stirbt im Gefecht.«

Cyriells Oberkörper tauchte hinter dem Felsen auf. Sie schleuderte flache Steinsplitter nach Klanx. Er sprang in die Höhe, wich den Geschossen aus, wurde aber an der Schulter getroffen. Ich erreichte das Schwert, riß es aus dem Sand und entfernte mit einem Ruck den Klingenschutz. Als ich den Rand des Kreises erreichte, sah ich, wie sich Gamshedi bewegte und hörte ihn röchelnd Luft holen. Ich drang mit geschwungener Waffe auf den Akonen ein.

»Das Gefecht ist jetzt, Klanx«, ächzte ich. Er parierte meinen Schlag, wich aber zurück. Blut lief an meinem Arm entlang, als ich zuschlug und erst nach dem dritten Schlag den Rhythmus fand. Ich konnte Schmerz und Wut unterdrücken und sah ein, daß Klanx sich wie ein ausgebildeter Kämpfer wehrte, trotz der Steine, die Cyriell schleuderte. Die Klingen schlugen gegeneinander, schleiften aneinander entlang und trennten sich. Klanx schleuderte mit dem Fuß Sandfontänen nach meinen Augen und duckte sich, ich wirbelte herum und drang weiter auf ihn ein.

Aus dem Augenwinkel sah ich, daß zwei vollbesetzte Gleiter vom Wasser heranrasten. Das rasselnde Klirren der Klingen hallte von den Felsen wider. Klanx wich zurück und verteidigte sich nur noch, aber ich drang mit den Schlägen nicht durch. Ich hatte ihn an Oberarmen und an der Brust verletzt; aus langen Schnitten drang Blut und wurde bei jeder Bewegung verschmiert. Schweiß biß in den Augen. Die Spezialisten begannen schon zu feuern, als sich die Gleiter bis auf fünfzig Meter genähert hatten und auseinanderschwebten, um den Akonen von beiden Seiten angreifen zu können. Ein Stein schwirrte an meinem Kopf vorbei, ich duckte mich wieder und stieß mit dem Schwert nach oben. Der Akone schrie:

»Stirb, Arkonide!«

Aus seiner Stimme schlug soviel Haß und Wut, daß der Ausruf nicht im mindesten pathetisch klang. Die Spezialisten feuerten, einige Männer sprangen aus den abbremsenden Gleitern und rannten auf uns zu. Klanx zuckte zusammen, breitete die Arme aus und holte weit aus; er schien zu stolpern, sein Gesicht verzerrte sich, und ehe ich das Dagorschwert zur Seite reißen konnte, fiel er in die Spitze. Der Schwung des fallenden Körpers riß das Schwert aus meiner Hand, als Klanx auf die Knie fiel, rammte er sich die Waffe unter dem Hals durch den Oberkörper. Der Griff seiner Hand löste sich, seine Waffe flog in weitem Bogen davon und klirrte gegen einen Gleiter.

Ich schwankte auf die Füße und sah auf das Ende der Waffe, die schräg zwischen den Schulterblättern ausgetreten war. Die Spitze war am oberen Rand der Brust-Knochenplatte eingedrungen. Cyriell kam den Hang heruntergerannt, als sich die Ertruser um Kuten und Gamshedi kümmerten und die Bewußtlosen zu den Gleitern schleppten.

»Es war mutig, Grayvel Klanx«, murmelte ich, »aber hoffnungslos. Wo ist dieser verdammte Diolais?«

Ich ließ mein Handgelenk und die Finger versorgen und fand die dunkle Brille irgendwo im Sand. Ein Spezialist kam zu Cyriell und mir in den Schatten und fragte: »Er kam von dort, nicht wahr?«

Ich nickte und sagte: »Ich rechne nicht mit Erfolg, aber wir suchen trotzdem nach dem zweiten Transmitter oder nach anderen Spuren. Nun besteht das Konklave nur noch aus Diolais und seinen Antis.«

Aus der Korvette waren drei weitere Gleiter ausgeschleust worden. Sie schwebten heran und begannen über der Bucht und dem Savannenrand zu kreisen. Kuten und der Dagorbruder waren nur betäubt worden und unverletzt. Ich wartete ab und sah zu, wie sie weggebracht wurden.

»Ich weiß nicht, ob ich ihn wirklich töten wollte.« Ich hob die Schultern und reinigte das Schwert mit warmem Sand. »Ja. Ich wollte es. Er war entschlossen, mich umzubringen, seine Rache ... Als ich die beiden regungslos liegen sah, wußte ich es.«

Wir räumten zusammen und schwebten in die Korvette zurück. Die Gleiter suchten den gesamten Nachmittag, bis zum Einbruch der Dunkelheit, die Umgebung der Bucht ab. Die Spuren begannen am Rand der Savanne; es schien, als sei der Akone von einem Gleiter, der aus dem Nichts gekommen war, an der Bucht abgesetzt worden.

Ich resignierte. Wir verluden die Reste der Ausrüstung in die Korvette, kehrten zur MASCAREN zurück und starteten nach Quinto-Center.

11.

Ronald Tekener legte den Kopf in den Nacken und suchte den Himmel nach einem Lichtblitz ab oder nach einer silbernen Kugel, die genau in seine Richtung fallen und dabei größer werden würde; er erwartete die Landung der MIGUELANGELO auf Zirkons Rajpat-Raumhafen. Er stieß sich von der Einstiegsleiter der Space-Jet ab und hoffte, Dahlenar würde nicht zu viel Gepäck haben. Er setzte sich an eine Bar, von der aus er die ankommenden Passagiere erkennen konnte, bestellte ein Bier und dachte nach.

Seine Arbeit war beendet; ein Dutzend ›schlafender Agenten‹ und drei perfekt getarnte Unterzentralen vertraten die United Stars Organization auf Zirkon. Konzept und Ausrüstung waren modernisiert. Nur vier Frauen und Männer hatten während des Desasters ihre Maske behalten können. *Gräber, Urnen und endlose Verzweiflung*, sagte sich Tekener, und seine Blicke suchten unter den Passanten der Halle.

Ein schlanker Mann, der einen Dokumentenkoffer trug, fesselte seine Aufmerksamkeit: Mit wenig Fantasie stellte er sich vor, daß unverdächtig aussehende Komponenten einer Arkonbombe auch auf diesem Weg transportiert wurden. Leichtigkeit der Gedanken verbot sich, trotz der Lepsoterin, die auf dem Weg zum gemeinsamen Urlaub war. Die Kräfte des Konklave waren niedergeschlagen, aber nicht einmal Optimisten glaubten, daß sie zerschlagen wären – die Ruhe war trügerisch.

Tekener leerte das Glas, zahlte und fuhr in die Ankunftshalle hinunter. Er brauchte keinen Gedanken, keine Überlegung der letzten Wochen zu korrigieren – er sah die unmittelbare Zukunft in der Galaxis in düsteren Farben; seine Miene hellte sich auf, als er Dahlenar Rotomyr sah, die den Arm hob und winkte.

Der Robotflug zog fünfzehn tiefe, parallel verlaufende Furchen in das flache Gelände. Ty Caumont wartete, bis die Maschine in der Nähe der Lehmstraße wendete. Er drückte den Unterbrecher und sagte zu der jungen Kolonistin:

»Einfach nur kontrollieren, ob der Pflug das richtige Gebiet abfährt. Bisher ist alles klar. Wenn's Probleme gibt, rufen Sie per Funk den Stationsmeister.«

»Ich denke, der Computer und ich, wir schaffen es. Danke für den Tip, Chef.«

Er lachte und sprang ab. Hinter ihm ruckte das Gerät an

und brach den Boden Woodlarks auf. Völlige Autarkie würden sie nie schaffen, rund um Port Kosmarikos, sagte er sich, aber sie würden nicht ein Kilo Nahrungsmittel einführen, wenn es hier wuchs – und hier wuchs fast alles.

Nur in versteckten Winkeln hatten Wind und Wetter die Reste der Insektenflut zurückgelassen. Die alten und neuen Bewohner von Port Kosmarikos sowie der Ringsiedlung Helix-Roveda beseitigten die Spuren des Überfalls mit schweigendem Eifer; sie wollten vergessen und ihr Leben in Übereinstimmung mit der Gemeinschaftsintelligenz Woodlarks führen. Der USO-Laborkreuzer am Rand des Landefeldes störte das Wohlbefinden, obwohl jeder einsah, daß Woodlark und Wissenschaftler zusammen die beste Kombination waren, um die Gefährlichkeit der Stigmaviren zu erkennen und ein Gegenmittel zu finden.

Ty Caumont fuhr mit dem Lift in den Kontrollraum der Hyperfunkstation, blieb vor der spiegelblanken Scheibe stehen und verschränkte die Arme. Sein Blick ging ungehindert über die Siedlung und die niedrigen Dünen des Strandes bis zum Horizont. Über dem Meer ballten sich schwarze Gewitterwolken.

Die Statuszeile im Sockel der schweren meteorologischen Kombiuhr blinkte; es war wie eine Drohung: *29. 10. 2443.* Cyriell hob ihren Kopf.

Wir hatten zehn Tage ungestörten Urlaub in Cyriells Haus auf Cataphyl verbringen können, fernab aller Aufregung. Flammen prasselten im Kamin, die Türen standen weit offen, und die Sonnenreflexe auf dem Wasser des Pools zeichneten Muster an die Decke. »Es ist wie ein Wunder, daß noch nicht hundert Alarmnachrichten über uns hereingehagelt sind.«

»Zehn Tage Ruhe in der Galaxis«, sagte Cyriell.

»Diolais Trahir und die Teilnehmer eines neuen Konklave benützen die Ruhe, um tief Atem zu holen.«

»Das wissen wir, und das weiß jeder Angehörige der USO. Du hast auf jede Herausforderung reagiert. Auch die besten Wächter müssen einmal ausschlafen.«

Natürlich bestand zwischen Cyriells kühlen, ruhigem Haus, dem Kreuzer und Quinto-Center eine Nachrichtenverbindung. Zweihundertzwanzig Stunden lang war keine Meldung weitergegeben worden. Ich hielt den Wein gegen das Licht und nickte.

»Du hast recht. Es ist wie immer: Die Schurken scheinen erledigt zu sein, irgendwo in der Galaxis sammeln sich deren Reste und ihre Freunde, und wir ahnen nicht, an welcher Stelle sie wieder losschlagen.«

Ich wartete vergebens auf einen Einwand des Extrasinns. Die brennenden Kloben knackten und warfen Funken. Wir schwiegen und blickten in die Flammen. Ich dachte an unübersehbare Mengen Opfer auf bisher friedlichen Planeten, an schutzlose Welten, an Terra und das Imperium, und es war fast unmöglich, trotz Cyriells Nähe und der Glut im Kamin, nicht innerlich zu frösteln. Wir alle wußten, wie trügerisch die Ruhe war und wie schnell sie sich in ein mörderisches Chaos verwandeln konnte.